东亚经典文学译丛

雁

〔日〕森鸥外 ◎ 著

查天欣 ◎ 译

吉林出版集团股份有限公司
全国百佳图书出版单位

图书在版编目（CIP）数据

雁 /（日）森鸥外著；查天欣译. -- 长春：吉林出版集团股份有限公司，2025. 5. --（东亚经典文学译丛）. -- ISBN 978-7-5731-6690-6

Ⅰ. I313.45

中国国家版本馆 CIP 数据核字第 2025QU3478 号

DONGYA JINGDIAN WENXUE YI CONG · YAN

东亚经典文学译丛 · 雁

著　　者：〔日〕森欧外
译　　者：查天欣
出版策划：崔文辉
责任编辑：杨　蕊
特约编辑：杜小北
封面设计：刘　僮
排　　版：四季中天
出　　版：吉林出版集团股份有限公司
　　　　　（长春市福祉大路 5788 号，邮政编码：130118）
发　　行：吉林出版集团译文图书经营有限公司
　　　　　（http://shop34896900.taobao.com）
电　　话：总编办 0431-81629909
　　　　　营销部 0431-81629880/81629881
印　　刷：三河市金泰源印务有限公司
开　　本：787mm×1092mm　1/16
印　　张：12.75
字　　数：123 千字
版　　次：2025 年 5 月第 1 版
印　　次：2025 年 5 月第 1 次印刷
书　　号：ISBN 978-7-5731-6690-6
定　　价：56.00 元
印装错误请联系调换　联系电话：15330076963

目　录

壹

　　这个是曾经发生的故事，还记得那是偶然发生在明治十三年（1880年）的一桩事情。为什么会这么清晰地记得年份呢？那是因为当时我恰好租住在东京大学的铁门①正对面一所名为"上条屋"的出租屋，与本故事的主人公是一墙之隔的邻居。后来，上条屋在明治十四年（1881年）因失火烧毁，我也是那场火灾中无家可归的一员。也正因此，我清楚地记得这件事发生在火灾的前一年。

　　借住在上条屋的大抵是医科大学的学生，其他则是去大学附属医院看诊的病患之类的人物。通常，任何一家租住屋，总会有那么一两位备受瞩目的客人。这类人往往出手阔绰，心思缜密，经过走廊里守着箱式火盆的老板娘身旁时，总不忘打一声招呼，有时还会蹲在火盆对面聊些闲

————————————

①铁门：东京大学本乡校区的大门，后来成为东京大学医学部的代称。东京大学医学部学生的校友会被称为"铁门俱乐部"。

话。他们会在房间里大摆酒席，特意让老板娘准备下酒菜或是帮着处理其他杂事，表面看起来任性自我，但实际却也能让账面上多些收益。常常就是这类人能够博得尊敬，甚至借此在租住屋呼风唤雨。然而，在上条屋里，我那隔壁的住客，却显得格外与众不同。

这男人是个名叫冈田的学生，小我一个学年，总之也快临近毕业。要说冈田是个怎么样的人，那就必须从他最鲜明的、人尽皆知的特征说起。

他可谓一名美男子，并非那类面色苍白、尽显羸弱的美男子，而是血气方刚、体格健硕的类型。我几乎没有见过拥有他那般脸庞的男子。那时候以及之后一段很长的时间里，我与青年时代的川上眉山熟识。就是那位最终深陷窘境迎来悲惨晚年的文人——川上。硬要说的话，年轻时的川上有些许神似冈田，但冈田当时已成了赛艇队的选手，体格远胜于川上。

容貌能够替主人说话，然而，仅凭这一点并不足以在租住屋中成为风流人物。那么他的性情如何呢？我那时觉得，像冈田这样将学生生活保持得如此平衡的人，实在少见。他并不是那种每学期考试争取高分、力求特等奖学金的书呆子，而是稳稳当当地完成最低限度的功课，从不掉到班级中下游。闲暇时，他该玩便玩。每天晚饭后必定出门散步，十点之前准时归来。周日要么去划船，要么出门远足。赛艇比赛前夕，他或许和选手们一同住在向岛；暑假时，他会回乡探亲。除此之外，他的作息从不紊乱，在房间和不在房间的时间点从不偏差。大家若是忘记校正时钟，总是去找冈田，他的怀表甚至成了上条屋账房用以校正时间的参考。在周围人心中，观察他的生活越久，就越会觉得这是一个值得信赖的人，即便冈田既不善于奉承，也不随意挥霍。这种肯定的根源，正是基于人们对他的信任。并且，他每月都准时结算房租的这一事实，也无疑为这种信赖增添了分量。

"请向冈田先生学习。"这句话，常常从上条屋的老板娘口中说出。

"无论如何，我是做不到像冈田君那样的啊。"有些学生早早抢先说道。就这样，冈田不知不觉间，成了上条屋住客们的典范。

冈田的日常散步，大多有固定的路线。他常常沿着静寂的无缘坂下行，绕过蓝染川那如乌黑牙染①般的水流汇入的不忍池北侧，然后在上野山间闲逛。从这里，他穿过松源和雁锅之间的广小路，经过狭窄而热闹的仲町，步入汤岛天神的神社境内，随后转到那幽暗的臭橘寺②，再沿原路返回。有时，他也会在仲町右转，经无缘坂直接归家。这是其中的一条固定路线。

抑或有时，他会从大学内穿过，出现在赤门附近。由

①乌黑牙染：江户时代的日本女子以将牙齿染黑为美。
②臭橘寺：位于东京都文京区的麟祥院，因篱外长满枸橘树而得名。

于校门早早关闭，他便从患者通行的长屋门出入，这座长屋门后来被拆除，取而代之的是如今春木町尽头那扇崭新而深黑的门。从赤门出来后，他沿本乡街行走，经过一家以捣制粟米饼闻名的店铺，进入神田明神的神社境内。从那里，他来到当时尚为新奇的目金桥下，再沿着柳原仅有道路一侧建有房屋的街道漫步。随后，他返回主干道，穿过狭窄的西侧小巷中的某一条，再次来到臭橘寺前，这是他的另一条固定路线。除此之外，他很少选择其他路线散步。

至于在散步途中，冈田会做些什么呢？也不过是偶尔逛逛古书店罢了。那时，上野广小路和仲町的几家古书店依旧伫立，如今尚存的也不过两三家而已。

在当时的主干道上，还能见到保留原貌的店铺，而柳原的那些店早已完全消失。本乡街的商家几乎全部易主易位。冈田很少从赤门出来后向右走，一方面是因为森川町街道狭窄，给人一种逼仄之感，另一方面，则是因为当时这里西侧仅有一家古书店。

冈田之所以喜欢探看古书店，若用现在的话来说，是因为他"酷爱文学"。然而，在那个时代，新式小说与戏剧尚未兴起；抒情诗中，正冈子规的俳句和铁干[①]的短歌都还未诞生。人们所能阅读的，不过是像《花月新志》这样

[①]铁干：与谢野铁干，本名与谢野宽，号铁干，浪漫主义诗歌"明星派"的代表诗人。

印在唐纸①上的杂志，或者是像《桂林一枝》这类印在白纸上的刊物。香奁体②的诗作，比如槐南③与梦香④之类的作品，便被视为最有趣、最精致的文学。我自己也曾是《花月新志》的忠实读者，因此对此记忆犹新。西洋小说的翻译，正是从这本杂志开始的。有篇西洋小说讲的是一个关于某大学学生在回乡途中被杀的故事，采用了对话体的翻译形式，还记得翻译者似乎是神田孝平先生，这大概是我与西洋文学的初次邂逅。正是在这样的时代背景之下，冈田的文学爱好也仅限于饶有趣味地阅读一些汉学家以诗文形式记录新鲜世事的作品。

我性格中不善交际的一面使得即便是经常在校内碰面的人，若无特别的事情，我也少与之交谈。至于同住一所租住屋的学生，更是少有机会互相行礼问候。

我与冈田渐渐熟络起来，却是缘于古书店。我的散步路线虽不像冈田那样固定，却因步履矫健，常常在本乡、下谷、神田之间四处漫步。每每遇到古书店，我都会驻足一观。那些时候，我与冈田屡次在书店门口不期而遇。

"我们总是在古书店碰上啊。"不知道是他先开口，还是我先提起的，这样一句话，成了我们开始亲切交谈的

---

①唐纸：由遣唐使传入日本，较厚，一般印有花纹。
②香奁体：一种以妇女身边琐事为题材的诗歌体裁。
③槐南：森槐南，日本明治时期著名汉学家及汉诗词作家。
④梦香：朱兰，清朝女画家，字清畹，一字梦香，著有《梦香集》。

契机。

那时，神田明神前的坡道下有一家书店，店主人在店外转角处摆了一排曲折的长凳，上面摊满了古书。有一次，我在那里发现了一本中国发行的《金瓶梅》，便向老板询问价格。他开价七日元。我试着砍价到五日元，老板却说道："刚才冈田先生说愿意出六日元，我都没答应。"

正巧那时我手头宽裕，便照原价买了下来。

过了两三日，我在路上碰到冈田，他主动开口说道："你可真不厚道，居然把我好不容易找到的《金瓶梅》买走了。"

"啊，是的，书店老板说你和他谈价没谈成。你若真想要，我可以让给你。"

"没事，反正我们是邻居，看完了借给我读读就行。"

我欣然答应。就这样，此前虽然在很长一段时间里与冈田互为邻居，却一直未曾往来，而现在，我们却时常互相走动了。

贰

那时，无缘坂的南侧为岩崎家①宅邸，但还不像如今这样被高大的土墙围住。当时不过是些粗糙的石垣，上面长满了青苔，石缝间还冒出些蕨草和杉菜。至于那石垣上方究竟是平地，还是像小丘一般隆起，因为我从未进入岩崎家的庭院探看，所以至今仍不得而知。但可以肯定的是，当时石垣的上方，长满了各种草木，树木肆意地生长着，尽情舒展枝叶，从往来的道路上甚至可以清楚地看到它们的根部。而那些树根间的草，也几乎从未有人割除过。

无缘坂的北侧，则是一排破旧的房屋，最体面的不过是一座用木板围起的小屋。除此之外，大多是些手艺人的居所，街边仅有些杂货店和烟草店。其中较为显眼的是一家教授裁缝的女人的房子。白天，格子窗内常聚集着许多年轻姑娘，埋头做活儿。如果天气晴好，窗户开着，当我

————————
①岩崎家：日本三菱集团的创始人家族。

们学生从前面经过时，总能听见她们叽叽喳喳的说笑声。每当有人走近时，她们会齐刷刷地抬起头朝来人望一眼，随后又继续她们的谈话，或者发出一阵阵轻笑。在这屋旁，还有一户由木材纵横交错建成的人家，其外被擦得一尘不染，门口的石阶用御影石①砌成，有时傍晚经过，还能看到地面洒了水。天寒，这户人家会紧闭纸糊窗；天热，则放下竹帘。与旁边那热闹的裁缝铺形成鲜明对比，这家显得异常安静，甚至透着几分冷清。

这件故事发生的那年九月前后，冈田刚从家乡返京不久。一日晚饭后，他如常外出散步，经过那座暂时作为解剖室使用的加州宫殿古建筑，又信步走下无缘坂时，偶然撞见一位刚从澡堂归来的女子悄然走进了那裁缝铺隔壁的寂静小屋。

时值深秋，气候已渐转凉，连外出乘凉的人也少了。某日，冈田途经无缘坂，一时人迹全无。正巧，先前提到的那间冷清小屋的女子刚走到格子门前，似是要开门。她听到冈田木屐的踢踏声，忽然停下伸向门的手，转过头来，与冈田四目相对。

她身着一袭深蓝色的单衣，腰间系着黑缎与博多进贡的茶色缎带相交织的宽带，纤细的左手松散地提着一只细竹编的篮子，里头放着毛巾、肥皂盒、米糠袋②和海绵等洗

---

①御影石：花岗岩的一种。
②米糠袋：即装有米糠的布袋。江户时代的女性用米糠袋清洗身体，具有保持皮肤嫩滑的功效。

浴用具，右手依旧搭在格子门上。她回首张望的姿态，并未在冈田心中激起太深的印象。但她新梳的银杏发髻鬓角纤薄，宛如蝉翼；鼻梁高耸，脸型修长而略显寂寥，从额头到颧骨透出轻微的扁平感，还是令冈田不由得多看了几眼。除此之外，冈田对她的记忆仅限于这一刹那的感官体验，待他走下无缘坂后，那女子的影像便已从脑海中淡去。

然而，过了两日，当冈田再次朝无缘坂方向散步时，走到那座木制小屋前，他忽然想起了前几日见到的那位洗浴归来的女子，便将目光一瞥。他看见小屋的一扇凸窗，窗框以竹片竖立，再横嵌两道细木条，用藤蔓缠绕加固。窗纸开了约一尺宽，窗内摆着一盆倒扣如蛋壳的万年青。这样的景象，引起他些许兴趣，为了一探究竟，他下意识地放缓脚步，在走到那户人家正前方之前，停顿了几秒。

当冈田走到那座小屋正前方时，意想不到的一幕发生了：在那万年青花盆之上，原本被灰暗夜色掩盖的背景中，忽然浮现出一张白皙的脸庞。更令他惊讶的是，那张脸竟朝他微微一笑。

自此，每当冈田外出散步路过这扇窗时，几乎每次都能看见那女子的脸。她的身影渐渐侵入冈田的幻想世界，起初只是若即若离地徘徊，后来却越发显得如主人般自若。冈田心中不禁升起疑问：她是否在刻意等待自己的经过？还是说，只是恰巧她无意中探出头来，二人便因此对上了目光？他试图追溯在第一次见到浴后女子之前的记忆，努力回想那扇窗后是否曾有女子驻足，然而在他的脑海中浮现的，只有无缘坂街道那紧邻嘈杂的裁缝铺的一处冷清小屋，总是被打扫得一尘不染，显得格外幽静，再无其他印象。曾经他或许偶尔好奇过这屋子里究竟住着什么样的人，但从未得到答案。回想起来，那扇窗似乎总是紧闭着障子，或者垂下竹帘，将屋内隔绝于外界喧嚣之外。然而现在看来，那女子近来似乎特意留意到了自己的存在，才开始打开窗户，等候自己的路过。冈田心中默默下了这样的判断。

怀揣着这种想法，每次路过的对视使得冈田不知不觉地对"窗中女子"感到越发亲近。大约过了两周，某个傍晚，当冈田又一次路过那扇窗时，他几乎是无意识地脱下帽子，微微点头致意。而此刻，窗中的女子那微白的面庞突然泛起一抹红晕，原本淡然的微笑也瞬间化作明艳的笑容。自此之后，每当经过那扇窗，冈田都会行礼。

叁

　　冈田素来喜爱《虞初新志》，尤以《大铁椎传》为甚，竟至于能将全文背诵如流。也正因此，他早已怀有一试武艺的渴望，然而因缘未至，迟迟未能付诸实践。直至近年他开始参与赛艇活动，逐渐投入其中，甚至被同伴推举为参赛选手，这才将其深埋心底的意志化为行动，进步显著。

　　同样在《虞初新志》中，另有一篇令冈田十分喜爱的文章——《小青传》。那篇传记中的女子，若用现代的言辞形容，便仿佛是那种即使死神造访，却也要等着她从容不迫地修饰脂粉的美人。她以美为生，这样的形象如何能不深深打动冈田的心？对冈田而言，女子即美的化身，令人爱怜的存在，无论身处何种境遇，都应当无愧于这份美与可爱，并将其牢牢守护。这种观念或许源自他平日对香奁体诗的偏爱，抑或是受到了那些多愁善感、充满宿命色彩的明清才子文章的潜移默化的影响。

自从与"窗中女子"建立了默契的点头礼之后，已经过良久，然而冈田却从未试图探究那女子的身份与身世。固然，从那间屋子的陈设以及女子的衣着打扮，她大抵上是被豢养的外室。但奇妙的是，这并未让他心生不快。他甚至不知她的名字，也从不刻意去打听。偶尔想到只需瞥一眼门口的门牌便能得知她的姓氏，可当他路过，每每见到窗内的女子，他又不由自主地生出一丝顾虑，默默收回了视线。

其他时候则是顾虑邻里和过路人的目光。最终，那块挂在屋檐下的木牌，上面究竟写了什么，冈田始终没能瞧上一眼。

肆

　　"窗中女子"的身世，事实上是发生在本故事主角冈田身上的一系列事件结束后，才辗转得知的。但为了情节连贯，此处姑且略加陈述。

　　还要把时间拨回大学医学部设在下谷的年代，学生们寄宿在藤堂①宅邸曾供家臣居住的长屋②中。那长屋灰瓦白壁，墙上以石灰嵌抹，仿佛围棋盘一般，间或开着些小窗。这些窗子用手臂粗的木条竖插成格，牢牢镶嵌在壁中，对于学生来说，俨然一副困兽囚笼模样。如今想要再见到这般古朴的窗格，也许只能在丸之内的城门楼遗迹中寻到一二，而上野动物园里关押狮虎的铁笼，工艺也比这长屋的窗子还要轻巧精致得多。

　　寄宿舍里有几个专职的杂役，这些学生则将他们当作

---

①藤堂：藤堂虎高、藤堂高次分别为日本历代大名。
②长屋：狭窄的、依小巷而建造的长条形木屋。

"使唤役"。彼时，腰系木棉兵儿带①，身着小仓袴②的学生，差使杂役跑腿时，所买之物不过数样——所谓的"羊羹"与"金米糖"。"羊羹"，其实指的是烤番薯；而"金米糖"，则不过是煎蚕豆罢了。写下这些细节，也许在文明历史上有着微不足道的参考价值。至于差使杂役的工钱，每趟的费用不过区区二钱。

寄宿舍的杂役中，有一个叫末造的人。杂役们大多蓬头垢面，满脸如栗壳般散乱的胡须，嘴巴总是半张开着。而与其他杂役不同，末造却是另一番模样，他的胡须每日修得干净，剃须后的青痕隐约可见，嘴唇紧紧地抿着。别的杂役穿的小仓袴总是污渍斑斑，而末造的袴子却始终整洁如新，甚至有时还会见他穿着昂贵的棉织或其他细纹料子的衣服，围着前襟。

不知何时何人起头，坊间流传开了这么一个说法：没钱的时候，可以向末造借钱。起初，人们借的不过是五十钱或一日元的零钱。渐渐地，金额上涨到五日元、十日元，而且末造要求借款人写下借据，有时还会重新立据。最终，他竟成了一位实打实的高利贷主。至于他最初的本钱从何而来，无人知晓。显然，靠跑腿赚来的二钱是积攒不出这些资金的，不过，一人若将其全部精力集中于一

①兵儿带：由鹿儿岛县传来的一种和服腰带。鹿儿岛方言中将15至25岁的青年男子叫作"兵儿"，由此得名。
②小仓袴：由"小仓织"布料制成的和服。

处，似乎也没有什么是不可能的。

总之，学校从下谷迁至本乡的时候，末造已不再是杂役了。但他搬到池之端后的新家，却依然门庭若市，进进出出的仍是那些不更事的学生们。

当初，末造当上杂役时，已过而立之年。他虽家境清贫，但也有妻有子。然而，自从高利贷事业成功，搬至池之端后，末造对他那容貌丑陋、性情唠叨的妻子渐生厌倦。

就在这时，他想到了一个女子。那是他过去每日从练塀町的后巷穿过小径前往大学工作时，偶尔会遇见的一个女子。在一处年久失修的排水沟旁，立着一间暗淡破旧的小屋，屋门终日半掩着。夜晚经过时，屋檐下常停着一辆带轮子的手推小摊，占据了原本狭窄的小巷。路人若要经过，必须侧身，方能勉强通行。

最初惹得末造注意到这户人家的，是从中传出的练习三味线①的声音。不久之后，他便得知这三味线声音的主人是个十六七岁模样的可爱少女。尽管这户人家家境贫寒，但那少女却总是衣着整洁，身上的和服也清新朴素。她站在门口，但只要有人经过，便迅速地躲回那昏暗的屋内。末造素来性情细致入微，即便未做刻意探查，也渐渐弄清了这女孩的身世：她叫小玉，没有母亲，与父亲二人相依为命。她的父亲在秋叶原摆摊，卖糖艺制品。随着时间流

①三味线：日本传统弦乐器，与源自中国的三弦相近。

逝，这条小巷发生了翻天覆地的变化。夜晚经过时，那辆总停在屋檐下的手推摊不见了踪影。以当时流行的说法来讲，那家一向冷清的房屋和其周围，似乎突然遭到了"开化"的侵袭。那些年久失修、半塌半翘的排水板换成了新的，门口的布置也被重新翻修，还装上了崭新的格子门。某日，末造经过时，发现门口摆放着一双脱下的皮鞋。没过多久，那家门前又新挂了一块名字标牌，上面写着"巡警某某某"。末造一路从松永町到仲徒町，四处跑腿买东西时，又不动声色地打听到了新的消息：原来那位卖糖艺的老翁为女儿招了一个入赘女婿。而这标牌上的巡警正是那位新女婿的名字。一直将女儿视为掌上明珠的老翁，将女儿托付给这位面容严峻的巡警时，心中仿佛被天狗掠去了宝物一般痛苦。而当这位女婿堂而皇之地住进他家时，他更是觉得异常局促。他私下里向平日亲近的熟人倾诉烦恼，但没有一个人明确建议他将这桩婚事推掉。怎会如此？

"我们本想给你们找个合适的人家牵线搭桥，你倒好，拿独生女舍不得之类的借口推三阻四，结果弄来这个叫人难以拒绝的女婿。"邻里间，有人对老翁如此冷嘲热讽；更有甚者，语带威胁地说道："要是你们家实在不愿意，那就搬得远远的。但可别忘了，对方是巡警。就算搬得再远，他只需稍做调查，就能立马追到新址，没准还会亲自上门。这么一看，逃是逃不掉的。"不过，也有人如邻里的那位明辨是非、广受好评的大嫂，据说其劝慰老翁时说的话更为老成持重："您家姑娘模样好，又乖巧伶俐，连师傅都夸她天生有学艺的才分。我不是早就劝您，不如尽早送她去当个艺妓的见习生。现在倒好，来了这么个单身巡警。他们这些人，整天在大街小巷巡逻，要是瞧上了个好姑娘，迟早会把人娶走。碰上这种事，只能认命了，实在没办法推脱。"末造听闻这些流言后，大约过了三个月，再次路过糖艺老翁的家，却发现大门紧闭。门上贴着一张纸条，上面写着："此房招租，事务管理处位于松永町西侧。"末造不由探问起邻里，果然又听来一些新的传闻。据说，那位巡警实际上在老家已有妻室子女。某日，这家人突然寻上门来，大吵大闹了一场。小玉受此刺激，扬言要跳井自尽，幸得隔壁的大嫂听到动静，赶忙拦住，方才避免了一场惨剧。当初巡警提出入赘时，老翁曾向不少人求助，但没有一人愿意充当他的法律顾问。于是，老翁对于对方的户籍状况和婚姻登记情况一无所知，也完全没有意识到个中隐情。

巡警捻着胡须，信誓旦旦地说他会处理好一切手续，老翁竟毫不怀疑。那时，在松永町有间名叫北角的杂货铺，店里有个皮肤白皙、圆脸短腮的姑娘。学生们戏称她为"无下巴"。有一次，这姑娘对末造说道："真是可怜了小玉呀，她那样老实的孩子。他们家完全把那个人当成真女婿了。谁知道那巡警倒好，把自己当成个借住的客人一样，连个名分也没留。"站在一旁的杂货铺老板是个剃着光头的老头儿，闻言也插嘴道："小玉她爹也挺不幸的。他说自己没脸见街坊邻居，就赶紧搬到西鸟越去了。即便如此，他还得继续做老本行，但这一片又是孩子们爱光顾的地方，听说他依旧在秋叶原摆摊。他们之前连摊车都卖了，后来又去佐久间町的二手商铺把它赎了回来。据说是经过了一番好说歹说，才拿回来的。这搬家也好，赎摊车也好，肯定花了不少钱，日子怕是不好过。那巡警倒好，把老家的老婆孩子晾在一边，大摇大摆地喝酒，还让不爱喝酒的小玉他爹陪着。啧，也算是做了一场短暂的美梦了吧。"他说着，摸了摸自己光溜溜的脑袋。

此后，末造渐渐把小玉的事抛到了脑后。直到后来，他手头宽裕了，生活也越发自由自在，突然又想起了她。

如今的末造，已然在世间广有人脉。他稍做打听，就查到了小玉父女搬到了西鸟越，在柳盛座后面的一家车行旁住下。小玉仍然待字闺中。于是，末造派人前去商议，说有个大商人想纳小玉为妾。起初，小玉断然拒绝，表示不愿做妾。但她毕竟是个孝顺的女孩，为了父亲，最终还是答应了此事，甚至商定了在松源与未来的丈夫相见。

伍

末造这个人，除了钱财，从未思考过其他事情。然而，自打查明了小玉的下落后，他竟急不可耐地行动起来，甚至还没确定对方是否同意，就开始四处寻找合适的房子。他先后看了好几处，最终挑中了两处符合他心意的宅子。其中一处，依旧位于池之端，紧邻他现居的福地源一郎宅邸，与当时声名显赫的荞麦面馆"莲玉庵"之间，大致靠近池子西南角的位置，略微偏向莲玉庵的一侧，是一座稍远离街道的宅子。四目篱笆①围成的院落里，种着一棵金松以及三两株小巧的扁柏。植株间隙中，能瞥见竹子穿插而成的凸窗，别有一番雅趣。门上挂着"出租"的牌子，于是末造径直走进去查看，屋内尚有人居住，一位年约五十的老妇引导他参观。老妇不等人问，便滔滔不绝地

①四目篱笆：一种横竖穿插并在连接处打上黑色绳结的日式篱笆。

介绍起来，这房子的主人原本是中国地方①某个大名家的家老②。废藩置县以后，他便在大藏省③里任个小小属官，做些琐碎差事。年纪已经六十多了，爱干净的脾性，在东京各处走动，专挑新盖的房子租住，房子一旦稍微显得旧了，他便立刻搬家。虽说已与孩子们分家居住，不会因此将房子糟蹋，但住的过程中难免留下岁月的痕迹，所以障子得重新糊，榻榻米的表面也需要更换。

那些麻烦事，能少则少，老妇人说希望有人能尽快搬进来。这位老妇人对此颇感不满，逢人便将不知如何化解的怨气倾诉一番："你看看，这房子现在还是这么干净，他却说又要搬走了。"一边说着，一边热情地带末造一一参观。房间各处确实打扫得十分整洁。末造觉得较为满意，便将押金、租金以及中介的名字记在贴身的手账上，随后起身离开了。

另一个选择则是位于无缘坂半山腰的一座小宅。这处房子并未挂出租的牌子，但末造听闻是挂牌出售的，于是特意去看了看。房主是一家位于汤岛切通④的典当行，原

---

①中国地方：日本的一个区域概念，位于日本本州岛西部，由鸟取县、岛根县、冈山县、广岛县、山口县5个县组成。
②家老：日本江户时代大名的重臣，采取合议制管理幕府和领地的政治、经济和军事活动。
③大藏省：日本自明治维新后直到2000年期间存在的中央政府财政机关，主管日本财政、金融、税收。
④切通：将山丘打通而成的道路。

本是典当行老掌柜的住处。老掌柜最近去世了，家中的老妇便被接回了本店。这宅子靠近邻家裁缝师傅的作坊，稍显喧闹，但因其原本是专为隐居而建，以木为材，格局显得十分适宜居住。从入口的格子门到铺着花岗岩的庭院小道，都透着一股雅致。

那日，末造躺在床上，整晚思量着这两处房子究竟选哪一处更为合适。身旁，妻子本想哄孩子入睡，自己也一并睡过去了，鼾声粗重，张着大嘴，毫不顾及形象，末造忍不住在心里暗自嘲笑。他一边想着，一边盯着妻子的脸，心中不由自主地冒出这样的念头："唉，同是女人，却也有人能是这样一副模样啊！小玉那张脸，我许久没见了。当年她还只是个少女，但那张脸却让人觉得既温柔又带几分灵动，仿佛隐藏着一种不可言喻的魅力，让人不禁想要颤抖着靠近。她如今一定更添妩媚了吧？真是期待见到她的模样啊。再看看我老婆，这副模样倒头就睡着了。她以为我脑子里成天就只有钱的事，那可真是大错特错。咦？蚊子都出来了，下谷这地方真是讨厌。看来得赶紧挂上蚊帐了。老婆倒无所谓，可别让孩子被咬着了。"他想着这些，又把思绪转回了房子的事。凌晨一点多，他的心里才有了一个初步的决定。他这样盘算着："池之端的那栋房子，有人会说那边视野开阔，景色好。可景色，我住的这地方已经够了。而且虽说租金便宜，但租房总是麻烦事一堆。再者，那地方实在太敞亮了，似乎总避不开人的视线。万一不小心开着窗，被我老婆带着孩子从仲町路过时瞧见，那可就麻烦大了。倒是无缘坂那边，看着虽然有点阴郁，但除了散步的学生，几乎没什么人经过。一次性拿钱买下来虽然有些压力，但房子用的木料很好，价格也公道。再附上个保险，将来真要卖也能不亏本，这样想着倒还让人安心。无缘坂吧，就选它了。傍晚泡个澡，好好收拾一番，随便找个借口哄哄老婆，偷偷溜出去。一旦推开那格子门，走进那房子，不知道会是什么样子呢？那小玉啊，她大概会正膝上抱着只猫，孤零零地等着吧。当然了，是盛装打扮地等候着。至于穿什么衣裳，我自然会替她置办。等等，可不能乱花冤枉钱，典当行的流当物里，也有不少好东西。

"女子的衣着与装饰，稍加讲究便可使其富丽动人，无须像世人那般一味奢靡浪费。居住附近的福地先生，房子比我住的这间还要大些，却常带着数寄屋町的艺妓，徜徉于池之端，装出一副悠然自得的模样，惹得学生们羡慕不已。他自鸣得意，外人殊不知内里早已焦头烂额。学者行径如此，真令人咋舌。看来即便是凭借文笔讨生活，若如此不加节制，早晚也会被逐出行业吧。啊，对了，小玉好像会弹三味线。若能用指尖拨弄出点情趣，奏些动人心弦的曲调自然好。不过，她成了巡警的妻子后，恐怕未曾接触过世间其他风景，指望她弹奏，怕是痴人说梦吧。她大概会羞涩地说，'您一定会笑话我的，我不敢弹。'任凭如何催促，也迟迟不肯抚弦。想到她那副腼腆模样，定是红了脸，拘谨地缩手缩脚，怎不叫人想笑呢？而我初次造访的那一晚，她又会是怎样的神态呢？"幻想纵横驰骋，毫无止境。思来想去，意念逐渐飘忽，恍惚间眼前浮现出她白皙的肌肤，耳畔仿佛响起她轻声的私语。末造沉浸在美好的遐思中安然入眠。身旁，他的妻子仍旧鼾声如雷。

陆

　　所谓"松源见面的约定"，对于末造而言，无异于一个重大日子。世人常说"吝啬到以指甲擦出火星代替点灯"，但攒钱之道却因人而异。有些人精于细节，甚至会将废纸一分为二再利用，或在明信片上写下细若蚊足的小字，以节省信纸。这类节俭的习性，几乎是所有人的共性。然而，真正"指甲擦出火星"的人，将节俭贯彻至生活的每一处；而另一些人，则仅会在某个地方开个小口，借此稍做喘息。

　　至今为止，小说或戏剧中描写的守财奴，大多是些极端的人物。然而，现实中那些真正的攒钱达人，却往往并非如此绝对。许多吝啬之徒，偏偏对女人情有独钟；有的则在饮食上出奇地奢侈。前文中稍有提及，末造的唯一嗜好便是打扮得干净利落。在他还是大学的杂役时，每逢休假，便脱下那套中规中矩的小仓筒袖，换上一身俨然商人般的精致衣着，以此自得其乐。正因如此，学生们偶尔撞见一身唐桟①织布打扮的末造，总会大吃一惊。除此之外，末造再无其他的嗜好。从未涉足青楼，也从未流连于饭馆。他最大的"挥霍"，不过是在莲玉庵吃一碗荞麦面。而他那可怜的妻子与孩子，在很长一段时间内，都无法享受这样的"奢侈"。究其原因，是因为末造从未让妻子的穿着打扮与自己的衣着相匹配。当妻子向他央求些许装扮时，末造总是厉声拒绝："别胡说八道！你能和我相比吗？我因为要与人打交道，才不得不如此！"后来，随着财富的积累，末造也偶尔会参与一些饭馆的聚会，但这仅限于大规模的集体聚餐，并非作为单独的客人出入。直到这次与小玉安排相见，末造的心情忽然变得庄重而又晴朗，于是提出："见面地点，那就定在松源吧。"

　　到了要让小玉出面相见的时候，不可避免地冒出了一个问题，那便是她的打扮。而不仅仅是小玉，她的父亲也需要一番装点。这一要求让居中牵线的那位老妇也颇感为难，但小玉父亲说的话，她总是无条件地顺从，若是强行拒绝，只怕会彻底导致谈判破裂。在这种局面下，末造也只能无奈妥协。老翁的理由，大致是这样的："小玉是我唯一的宝贝女儿。而且，她也和别家寻常的独生女不同——我的全副身心除了她，再无任何依靠。我这孤单的

①唐桟：室町时代前后传入日本，藏青料上有朱、灰、青、茶等竖条纹的织物。

人生，曾只能仰赖已故的妻子相伴。妻子年过三十才怀上孕，好不容易生下小玉，结果却因此落下病根，不久便去世了。小玉自幼靠奶妈喂养，熬到四个月大时，染上了江户流行的麻疹。那时医生都认定她已经无药可医，可我毅然放下生意，放弃一切专心地照料，才好不容易将她从鬼门关拉了回来。那时候，世道动荡不安——正是井伊大人①遇刺两年后、生麦事件②中西洋人被杀的那一年。从那以后，我的店铺倒闭，生计全无，几度生起一死了之的念头。但每每低头看见小玉那小小的手在我胸前拨弄，那双明亮的大眼睛望着我，咧嘴笑得天真无邪，我便实在没法狠下心与她一同赴死。于是，只得硬着头皮熬下去，日复一日，将这条命吊着过活。

　　"小玉出生时，我已四十五岁了，因长年艰难奔波，身体衰老得早已超实际年纪。当时有人出于好意劝我，'一个人可能难以维生，两个人却未必。你何不去给一位手头宽裕的寡妇当赘婿？至于孩子，送回乡下交人抚养便是。'可我因舍不得小玉的可爱，毫不犹豫地拒绝了那提议，一路将她拉扯长大，不料竟应了那句'人贫智短'，竟害她成了一个薄幸之人的玩物，这让我每每想到都难以

①井伊大人：井伊直弼，日本的近江彦根藩主。因第十三代将军德川家定的继嗣问题，于万延元年（1860年）被暗杀。
②生麦事件：发生于1862年9月14日，日本神奈川县生麦村的武士攻击外国人事件。该事件导致7艘英国军舰炮轰鹿儿岛，史称萨英战争。

释怀。幸而小玉是个好孩子，连旁人都评价颇高，我自然希望她能嫁给一户正派的人家，可偏偏因为有我这个父亲在，总是无人上门提亲。尽管如此，我下定决心，哪怕穷到极点，也绝不会让她落入做妾或被人豢养的地步。小玉来年便满二十了，再不做安排，就怕年华渐逝。况且你们又说这位老板为人正派，我这才有所妥协。这是我的宝贝小玉要托付终身的事，因此无论如何，我这做父亲的必须亲自出面，与他会上一会。"

老翁这番话，末造听了后，不禁觉得事情的走向稍稍脱离了自己的盘算。他原本设想是让小玉被带到松源，之后找机会尽早将那位介绍人老妇打发走，自己好与小玉面对面，尽享片刻温存。谁知现在竟连她的父亲也要同行，这未免让事态意外地变得隆重了起来。虽说末造自己也怀有一份隆重之感，但那情绪其实来源于压抑许久的欲望终能获得释放的一种快意。能与小玉单独相处，正是这份快意的核心。然而她父亲的到来，却令这份快意的性质完全改变了。

据那位老妇所说，小玉父女都是十分拘谨正派的人。起初，对于做妾这件事，他们父女俩一口回绝。然而，老妇某日将小玉约到外面，劝说道："你难道不想让渐渐不能劳作的父亲过得轻松一些吗？"反复劝导，终于说服了小玉。而小玉在答应之后，又去劝服了其父亲。

听到这个经过时，末造心中窃喜，想着自己竟然能得到这样一位温顺、乖巧的姑娘。但转念一想，这样拘谨的父女竟要双双一起来见面，松源的初次见面恐怕会演变成典型的"女婿拜见岳父"的场景。这种偏离原本期待的隆重感，无异于向末造炽热的头脑中泼了一瓢冷水。

不过，末造始终认为自己必须展现出一个堂堂正正的实业家的姿态。他深知，需要适当地满足对方对自己抱有的期望需要。因此，他答应承担父女二人的衣饰准备。反正未来既然要迎娶小玉，也不可能完全置其父亲的生活于不顾，现在不过是将未来的付出稍稍提前罢了，这使得末造更加下定决心。

照理说，在这种情况下，通常是直接以"准备金"的名义，将备好的一笔现款交到对方手中了事。然而，末造却并不这样做。作为一个嗜好高档着装之人，他有一家专门为自己量身定制衣物的店铺，于是将这件事交由那家店处理。他向店家挑明情况，要求为二人定做合身的衣物。尺寸则由那位中间人老妇负责，间接向小玉打探清楚。没想到的是，末造这番吝啬的做法，却被小玉父女误解了。他们认为，不直接给他们现钱，而是亲自操办衣饰，是对他们的尊重。

柒

　　上野广小路一带火灾少，记忆中松源也从未遭遇火患，因此或许至今它依然尚存。那日，末造预先嘱咐安排了一间静谧的小屋子。当他从南向的玄关进入，笔直沿着走廊走了一小段路后，被引入了一间六叠①大小的房间。

　　房间内，一个身穿印花短着的男子正忙着卷起一张用柿漆纸②制成的大型遮日帘。

　　"这间房子向阳，傍晚前总是有夕阳斜射进来。"为末造引路的女佣解释道，说完便退了下去。房间内挂着一幅真假难辨的手绘浮世绘画轴，一枝栀子花被插在花瓶中，散发着幽香。末造背靠着花瓶，就着地板的空隙处坐下，锐利的目光环顾四周。

　　一楼与二楼的格局不同。一楼早已因时代更迭而失去

①叠：一张榻榻米的面积为"一叠"，六叠约为10平方米。
②柿漆纸：把和纸贴在一起，然后涂施柿漆，以提高其强度。

了风雅，曾经被改作赛马围场，后来又辗转成为自行车赛场。如今，这一楼的房间仍面朝不忍池，但为了避免池边路人窥见，特意以藤篱遮挡视线。篱墙与房屋之间，有一条狭长的地面，如腰带般纤细，显然难以称作庭院。末造环视之处，视野内可见三两株挨得很近的梧桐树，其树干仿佛刚被油布擦拭过一般光亮，还有一个六角灯笼，孤零零地伫立。除此之外，只零星种着几株侧柏。此刻，外面的广小路上阳光依旧灼热，来往的行人踩起白色的尘烟。然而，这篱墙之内，却因浇过水的青苔显得格外清凉，青翠欲滴。

不一会儿，女佣端着蚊香和茶水走了进来，问末造需要点些什么。末造摆了摆手，说等对方到了再点，让女佣退下后，他独自点上一支烟吸了起来。刚坐下时，他觉得房间有些闷热，但过了一会儿，从厨房与洗手间附近传来的各类香气杂在微风中，时不时从走廊那头轻轻拂来，竟让他连女佣留在他身旁的那把污损的团扇都懒得去拿。

末造倚靠在地板的柱子上，一边吐着烟圈，一边陷入了沉思。记得初次见到觉得不错的那个姑娘——小玉，当时她还是个孩子。如今会变成什么模样呢？会以怎样的神态出现呢？不管怎样，她父亲也跟来了，这无疑是个大失策。他心中不禁盘算着，是否有办法尽早打发那老爷子回去。此时，楼上传来三味线调音的声响。

走廊上传来了两三人的脚步声，紧接着，一个女佣先探出头来说："客人来了。"随即传来那位从中斡旋的介绍人老妇的声音，说道："来来，快请进吧！东家可是个通情达理的人，不用拘束。"她的声音像是蟋斯鸣叫般尖细而绵长。

末造立刻站起身，走到廊上，只见墙的拐角处，一位老翁弓着腰，犹豫是否该前进。他身后，站着的是小玉——那模样与其说是胆怯，不如说是对此感到新奇。

小玉本是圆润的脸庞，透着一股可爱的稚气，如今不知何时瘦削了下来，面容也清秀细长，身姿比从前更加纤丽。她的头发整齐地梳成了简洁利落的银杏髻，在这样的场合下，她并未涂抹厚重的、用以谄媚他人的妆容，几乎可以说是素面朝天。这副模样，与末造先前的想象完全不同，却更加美丽动人。末造盯着她的身影，目光仿佛要将其深深吸入眼底，内心十分满意。小玉这边，原本是以舍身的觉悟来到这里——为了拯救父亲的困窘，卖身于人，无论对方是何模样、何品性，她都毫不在意。然而，当她看到末造肤色微黑，锐利的目光中却藏着几分温和的亲切，加之他举止雅致，穿着虽不张扬却符合其身份时，竟仿佛拾回了原已打算放弃的"生命"，一瞬间竟也感到了一丝满足。

末造对那老翁说道："您请坐那边。"语气殷勤地指了指旁边的座位，同时将目光转向小玉，说了声"请吧"。他将父女俩引入座位后，唤来负责牵线的老妇到另一处，将一包东西递到她手里，低声耳语了几句。老太太听罢，露出一口因洗去黑牙染而斑驳不堪的牙齿，脸上带着一副既谦卑又略显轻蔑的笑容，连连点头后转身离去。

回到座位，末造看到父女二人拘谨地挤在席边，显得格外局促，便热情地邀请他们向前坐，又唤来候着的女佣点了几道菜。不久，便送上了带小菜的酒水。末造先端起杯子，劝老翁饮上一杯，边寒暄几句。听那老翁说话，虽如今境况窘迫，但言谈间仍显出一丝旧时小康人家的余韵，与那些临时装扮成体面模样的人截然不同。

起初，末造因老翁的存在而感到焦躁，然而，随着时间推移，不知不觉中，他的情绪逐渐与小玉父女二人相统一，竟与老爷子谈起了几句颇为动情的话，这完全超出了末造的预想。为了让小玉感受到他的真心，末造努力表现出自己所有的善良和体贴，内心深处更是暗自庆幸，认为这个意外生出的契机，正好能够赢得小玉对他的信任。

菜肴陆续送上时，整个席间的氛围变得宛如一家人出门游玩时，偶然在料理店歇脚般融洽。末造平日对妻儿的态度近乎专横，妻子或抗拒或屈从。然而此刻，女佣退下后，眼前的小玉，因羞涩而脸颊微红，带着一丝腼腆的微笑，为他斟酒时的模样，却让末造感受到一种前所未有的、朴实无华的喜悦。尽管末造隐约意识到，这种淡淡的幸福仿佛是浮光掠影般的幻象，他却无意深究为何自己在家庭中未曾感受到这种味道，更遑论去思考，若要维持这种美好的情感，需要付出多少努力，而这些努力是他与妻子能够承担的，还是无法承受的，便任凭一切停留在当下的喜悦之中。

忽然，塀外传来清脆的拍子木声，"咔嗒，咔嗒"，紧接着便是一声高呼："嘿！有客官赏点吗？"楼上的三味线旋律随之停歇，听得有女佣扶着栏杆，低声与人交谈着。而楼下，则响起吆喝声："嘿！既然如此，那就给各位呈上成田屋的河内山、音羽屋的直侍①！先来段河内山！"随即，变声调戏曲的表演声便开始响起。

一个来换酒壶的女佣说："哎呀！今晚来的可是个货真价实的呢。"

末造有些摸不着头脑，问道："什么真的假的，这还有真假之分吗？"

"是的，最近总有大学生假扮艺人，四处表演。"

"装模作样还带着乐器？"

"是啊，从装束到腔调，等等，简直一模一样。不过，声音一听就知道是假的。"

"那也算个行家里手了。"

"是的，全东京也只有他一个人这么会装。"女佣笑

---

①成田屋的河内山、音羽屋的直侍："成田屋""音羽屋"分别为歌舞伎艺人的屋号。"河内山""直侍"则为歌舞伎的表演题材，河内山宗俊为《天衣纷上野初花》中的登场人物，因此将该剧本简称为河内山；直侍，即"片冈直次郎"，为《天保六花撰》中的登场人物。

着说道。

"你倒是跟他很熟吗？"

"他以前也常来我们这儿。"

这时，老翁插话道："大学生里竟有这么能干的人，真是少见啊。"

女佣听罢，不再多言。

末造却露出一抹莫名的笑容，说道："这种人啊，恐怕在学校里不是什么好学生。"他嘴上这样说，心里却想起了那些常来自己这儿的学生们。他们中有些人很喜欢模仿工匠，甚至觉得逛小铺子、学工匠的口吻是一种乐趣，平日里说话也满是匠人的遣词造句。

然而，末造事先也没有料到，竟然真有人认真模仿戏曲声调到处表演。

他转头看了一眼一直默默听着大家聊天的小玉，问道："小玉小姐，你最喜欢哪位戏曲艺人呢？"

"我啊，并没有什么特别喜欢的。"

她父亲随即补充说："我们家小玉啊，从来不看戏的。虽然柳盛座就在近处，街坊的姑娘们都跑去偷看，可小玉连一次也没去过。而那些喜欢戏剧的姑娘们，只要听到咚咚锵锵的锣鼓声，就坐不住了。"

老翁的语气中，不免透出几分炫耀女儿之意。

捌

最终，事情尘埃落定，小玉决定搬到无缘坂居住。然而，这场在末造看来再简单不过的搬迁，竟也生出了一些小麻烦。这是因为小玉提出了一个要求：她希望能把父亲安置在离自己尽可能近的地方，这样便能时常探望，照料他的生活起居。小玉从一开始便打算，将自己所得钱财的大部分用来供养父亲，确保年过六旬的父亲生活无忧，还想为他雇一个小丫头伺候左右。如此一来，她便不必再将父亲留在那间靠近鸟越车行、破败不堪的旧屋子里了。

既要搬迁，小玉便希望能让父亲搬到离她更近的地方居住。正如当初会面时，原本只该叫女儿来的场合却让其父亲也跟着现身一样，末造本以为只需布置好妾宅迎接小玉即可，但实际情况却发展为不得不安排父女二人一起搬家。

当然，小玉曾表示父亲的搬家事宜由她一手操办，绝不会给丈夫添麻烦。不过，听了小玉的请求后，末造却觉得自己完全置身事外并不妥当。再加上会面后对小玉愈加满意，他那想要表现慷慨的心态促使他做出决定——就在小玉搬到无缘坂的同时，让老翁也搬进末造早已看中的池之端的另一处住所。既已参与其中，尽管小玉声称自己会用当小妾拿到的钱解决一切开销，但眼看着父女二人如此可怜，末造又怎能袖手旁观？于是，无论大小开支，他都毫不犹豫地承担下来。这种豪爽的态度让一直为他们张罗的老妇频频瞠目。

到了七月中旬，父女二人的搬迁终于结束。末造对小玉清新自然的言谈举止与温婉优雅的行为举止越发着迷。这个在放贷行业里一贯以强硬严厉著称的男人，如今却在面对小玉时，用尽了所有温柔的手段，几乎每晚都前往无缘坂拜访，只为博得她一笑。在这一幕中，隐约流露出了一丝历史学家常提到的"英雄的另一面"的含义。

末造每晚都会来，但从不留宿。小玉所住的无缘坂居所里，除了那个老妇安排的年方十三的小丫头小梅之外，几乎无人陪伴，煮饭做菜也不过是寻常人家的样子。渐渐地，小玉感到了一种无人诉说的孤寂无聊，每到傍晚便盼着末造快些来解闷。而这份等待的心情被她察觉后，又不禁觉得自己可笑。回想在鸟越时，父亲外出做生意后，小玉独自留守，忙着做手工补贴家用。一边干活儿，一边盘算完成这一批能赚多少钱，到时候父亲回来该多惊喜，这种信念支撑着她。那时，尽管她从不与附近的姑娘们交好，却从未感到无聊。然而，当抛去生活的经济负担时，她却第一次感受到了"无聊"这一情绪的滋味。

尽管如此，小玉的无聊因每天傍晚末造的到来而得以缓解，这倒也罢。然而真正滑稽的是，搬到池之端的老翁，这个曾忙碌于生计的人，骤然轻松下来，竟觉得自己的处境像是受到了妖狐的蛊惑。他坐在小小的煤油灯下，怀念起过去那些与小玉共度的夜晚——那些彼此闲话家常的其乐融融的时光，如今在他心中，成了逝去的、美好的梦。他总觉得小玉应该会来探望他，因此日日盼望。然而，时日已久，小玉却一次也未曾出现。

起初一两日，老翁对搬入这干净整洁的新居感到欢喜。只让乡下来的女佣负责提水煮饭，其余如收拾、打扫，老父亲都亲自操办。每忆起还有什么物件不足，就让女佣跑去仲町购买。黄昏时分，他听着厨房里传来女佣做饭的细碎声响，自己在凸窗外的金松旁洒水，边抽烟，边看着乌鸦在上野山的树梢间喧哗，远处中岛弁天神社①周围森林的池塘里盛开的莲花渐渐被薄暮笼罩。

老翁觉得很庆幸，新居一切都好。但自从搬来后，内心却隐隐觉得少了些什么。这种空虚源于小玉的缺席——那个从襁褓中就由他一手带大，与他几乎不需要言语便能心意相通的小玉；那个事事温顺体贴，无论他何时归家都

①弁天神社：祭祀佛教守护神"弁才天"的神社。

会在门口迎接的小玉。如今，她不在了。他坐在窗边，望着池塘的景色，注视着来往的人流。刚刚跃起的是一尾大鲤鱼；方才经过的那位西洋妇人，她的帽子上竟装饰着一只完整的鸟。这些情景每每令他忍不住想喊一声："小玉，你来瞧瞧这个。"然而，环顾四周，小玉不在，这一切就都变得令人怅然若失。

三四日过去后，这种失落逐渐转为焦躁，他开始对女佣的忙碌感到厌烦。老翁素来宽厚，虽已有几十年未曾招揽用人，却也从不对下人说重话。但因为无论女佣做什么都无法契合他的心意，他心中越发不满。相比起小玉那种安静柔和、举止温婉的性情，这个刚从乡下来的女佣反而成了莫大的麻烦。终于，在第四日的早晨，当他看到女佣拿碗时将拇指伸进了汤中，便再也忍不住说道："不必再伺候了，你去一边待着吧！"

吃罢早饭，他坐在窗边凝望窗外。天空虽是阴沉，但并无下雨的迹象，反倒因为没有烈日而显得凉爽。他想出去散心，便走出房门，却又总担心若是自己离家，小玉会不会恰好来访。于是，他一边沿着池边漫步，一边时不时回头望着自家的门口。

不知不觉间，他走到了茅町和七轩町之间通往无缘坂的小路，那儿有一座小桥。他一度想，不如到女儿那边去看看吧。但一想到这事竟莫名其妙地让他感到拘束和生疏，若是做母亲的，无论如何也不会在这种时候生出这般隔阂，他一边走一边自问："这究竟是为什么？真是奇怪，真是奇怪。"最终，他没有过桥，还是沿着池塘继续踱步。他忽然想起正好可以望见末造的宅邸，那是中间人老妇上次从新居的窗口指给他看的方向。他抬头一看，果然是一座气派非凡的宅子，高高的土墙外装饰着斜插的篱竹。隔壁据说是福地先生——一位著名学者的宅院，那里虽然宽敞，但建筑陈旧，与这座宅子相比，少了些庄重和鲜明。老翁站在那儿，目光落在白木制后门的紧闭门扇上，那门扇甚至在白昼也遮得严严实实，他却没有生出进去看一眼的念头。不过，在那一刻，他心头被一种难以名状的虚无感与寂寞所侵袭。若要用言语表达，大概只能描述为一位落魄父亲不得已将女儿送做妾侍的心情吧。

转眼一周过去，女儿依旧没有来看他。他心中日渐泛起无尽思念的感情，这份思念仿佛内心的疾患，深深埋藏着。他开始忍不住猜测，难道她已过上了舒适的生活，便将父亲抛诸脑后了吗？这样的念头时不时冒出来，像是一种刻意营造出的自我折磨。

虽感到疑虑，但疑虑甚淡，其中也没有对女儿的怨恨。仿佛是在对人抱怨时习惯说反话那样，他也只是在不经意间会想："若是我能对女儿生出怨恨，那该有多好。"

然而，最近老翁倒是开始有了这样的心态：如果总待在家里，各种思绪会不断涌上心头，令人难以自持，不如出去走走，不过倘若此时女儿恰巧前来看望，却发现父亲不在，多少会感到遗憾。即使她心中未感遗憾，至少也会觉得一趟白来，浪费了时间吧。这点微不足道的懊恼，倒也可以让她品尝品尝。他抱着这样的念头，渐渐养成了外出散心的习惯。

他有时会走到上野公园，选一处阴凉的长椅坐下，休息片刻，再穿过公园。看到一辆辆挂着顶篷的人力车驶过，他会不由自主地想象："此刻女儿是否已去了我家？是否因找不到我而感到惊慌失措？"这种念头夹杂着一丝恶作剧的快感，仿佛也是他在试探自己的心境。最近，他甚至晚上也开始去吹拔亭①听表演，或是听圆朝②讲怪谈，抑或是看驹之助③演木偶戏。他坐在剧场的席间，脑海中依旧浮现出女儿前来看望自己的情景。偶尔，他还会突然冒出另一个念头："她会不会就混在人群里，出现在这剧场中？"于是，他的目光便在那些梳着银杏髻的年轻女子间徘徊，似乎在寻找某个熟悉的身影。有一次，正值中场休息时，他突然看到一个女人从楼梯后走上来，那女人梳着银杏髻，她是被一个穿浴衣、头戴当时尚属罕见的巴拿马帽的男人挽着手带上来的。这女人初上二楼时，俯身向下望了望。那瞬间，他竟生出一种那就是小玉的强烈错觉。

①吹拔亭：当时位于东京下谷集合了落语、漫才、狂言等多种表演的剧场。
②圆朝：三游亭圆朝，落语家。
③驹之助：竹本驹之助，日本人形（木偶）净琉璃名家，被誉为"人类之国宝"。

然而定睛细看，这女人的脸比女儿更圆，身形也矮些。而那带她上楼的戴着巴拿马帽的男人，不仅有那个女人陪着，另外还跟着三四个梳着岛田髻或裂桃髻的女人，显然都是些艺妓或陪酒女。

有一位坐在老翁旁边的书生说道："啊，吾曹先生来了！"那时候，剧场已几近散场，正当人们离席的时候，他看见一个女人提着一盏大号的提灯，灯上斜写着鲜红的"吹拔亭"字样，跟在提灯后的，是三三两两的艺妓和陪酒女郎，簇拥着那戴巴拿马帽的男人，一行人浩浩荡荡地走了出来。老翁一路跟随，时而走在那队伍前头，时而又落到后头，就这样一直走到自己家门口。

玖

　　对于从小未曾离别的父亲，连日来，小玉心中虽时常惦记："不知他过得如何，我真想去看一看。"但因每天都要应对末造的到访，她担心若是他恰巧来访，而自己不在家，会惹末造不高兴。于是，就算想着要去探望父亲，却总是一天天拖延下去，未能成行。末造从不在她这里过夜。最早的时候，他会在晚上十一点左右离去。偶尔他也会说："今日事务繁忙，只能稍做停留。"然后坐在箱式火盆的对面，抽上一两支烟便走了。然而，究竟哪一天丈夫不会来，她却始终无法确认，也就无法下定决心外出。白天倒是可以出去，但留在家中服侍的小女孩不过十三四岁，说是孩子也不为过，什么事都指望不上。而且，她总觉得白日出门时若被街坊四邻看见，心里不免有些发怵。因此，她宁愿待在家中，连去坂下的澡堂都十分谨慎。最初几次，她甚至让小梅先去察看客人多少，等确定澡堂冷清无人才敢悄悄前往。

自从搬到新居后，第三天发生了一件事，虽不是什么大事，却深深打击了原本就胆怯内向的小玉的勇气。搬家当天，附近的菜贩和鱼贩都带着账簿到访，希望能与她家时常往来，送货上门。然而到了第三天，鱼贩却没有按时送货。于是，小玉派年龄尚幼的小梅去坂下买些鱼片之类的食材回来。其实小玉自己并不想每天大鱼大肉，父亲又不饮酒，饭菜只要无碍于父亲的健康，小玉本可以将就应付过去。但因邻里之间曾听人闲话，说某些贫苦人家许久都闻不到一丝鱼腥味。小玉不愿遭人轻视，尤怕小梅感到不满，也会让她觉得愧对一心体贴照顾她的丈夫。于是，她特地让小梅跑到坂下去买鱼。然而，小梅哭着脸跑了回来。小玉见状，忙问发生了什么事。小梅便讲起她在鱼铺的遭遇：她找到了一家鱼铺，刚一进门，就察觉到这家与先前上门登记的并不是同一家。但见店主不在，只有老板娘守在柜台。大概是店主早上刚从河岸捕捞回来，把当天的鱼货安排妥当后，又去拜访固定客户了。店里陈列着大量新鲜的鱼货。小梅瞧见一堆散发着诱人色泽的小竹荚鱼，问了价钱。老板娘却问道："你是哪家的新女佣？以前怎么没见过？"小梅答道："我是从某某家出来买鱼的。"谁知话音未落，老板娘的神色骤然阴沉下来，说道："哦，原来是高利贷妾室的家呀！真是晦气，你们走吧！我们这儿可没有要卖给那种人家的鱼。"说完，她便扭过头去，抽起了烟，再也不理会。小梅感到羞愧难当，哪里还有心思去别家鱼铺，便跑回了家，将鱼铺老板娘那些尖酸刻薄的话，支支吾吾地复述给小玉听。

小玉听着小梅的叙述，脸色渐渐变得苍白，连嘴唇都失去了血色。她沉默了许久。在这个涉世未深的年轻女子心中，各种复杂的情感交织成一片混沌，虽然她自己也无法弄明白这些情绪究竟该如何解开，但那纷乱的情绪整体却犹如重担般压在她纯洁无瑕的心上，令全身的血液向心脏涌去。于是，她脸上失去了所有的血色，背后沁出了一层冷汗。在这样的时刻，人往往会先意识到一些并不那么重大的问题。小玉第一个念头竟是：小梅会不会因为这件事，而说不想再留在这里了？

小梅则目不转睛地望着自己失了血色的主人，从小玉那惊慌失措的神情中，小梅仅能看出她内心的困惑，但却并不明白她究竟在为何事发愁。尽管刚才小梅自己也因羞愤而怒气冲冲地跑了回来，但当她意识到午饭还没有着落，这样下去显然不行时，情绪也稍稍平复了一些。甚至，她先前从小玉手中接过的钱，还插在腰带间，还没来得及拿出来。"哎呀！世上怎么会有这么讨厌的老板娘！她家的鱼，咱们还不稀罕买呢！再往前走些，靠近那个小稻荷神社附近，还有一家鱼铺，我马上去那里买，您别担心了！"说着，小梅似是想安慰小玉般，抬头望着她的脸，随即站起身来。小梅站在小玉这边的那一刹那，给她带来了欣喜，她几乎是反射性地报以一丝微笑，并点了点头。小梅见状，立刻拖着木屐，哒哒地跑了出去。

小玉仍旧伫立原地。紧绷的神经稍稍松弛，随之而来的，是泪水渐渐涌上眼眶，几乎要溢出。她从袖中掏出手帕，按压着眼角。胸中涌动的，只有那一声声无尽的"悔恨啊，悔恨啊"的呼喊。这是方才那混沌情绪发出的声音。然而，这悔恨并非因为鱼铺拒绝售卖，亦非因自己的境遇竟被看轻而感到羞辱或悲伤，更不是因为知晓枕边人末造是高利贷主而生恨，或因将自己托付于这样的男人而感到后悔或痛苦。她确实略有听闻高利贷是一种令人厌恶、畏惧并为世人所不齿的行当。父亲借过当铺的钱，甚至有时因为账房的不通融，借不到想要的数目。但即便如此，父亲也只是感到为难，从未抱怨或怨恨账房的无情。因此，高利贷之于小玉，不过是像孩子们对鬼怪或巡警的恐惧一样，是一种遥远、模糊而未曾真正触及的存在，谈不上切肤之感。那么，她究竟为何而悔恨呢？

实际上，小玉对于"悔恨"这一情绪的理解，如果非要说她对"某物"怀有怨怼，与其说是怨世怨人，不如说更接近对自己命运的哀怨。明明自己从未做过坏事，却不得不承受来自外界的迫害。正是这种外力强加的苦痛，让她感到悔恨。所谓"悔恨"，便是这份苦痛的体现。回忆中，小玉第一次感到悔恨，是在她认为自己被人欺骗并抛弃的时候。随后，便是前些日子不得已成为妾时，悔恨之情再次从心底涌起。

此刻，那种悔恨已不仅是成为小妾的屈辱，更因身为世人厌弃的高利贷之妾而倍感羞愤。昨日今日之间，这悔恨仿佛被"时间"的利齿咬去了棱角，又被"释然"的清流洗褪了颜色。然而，现在它却再度以分明的轮廓、鲜明的色彩，浮现在小玉的心目之中。若勉强将她胸中郁结的情绪粗略地梳理成条，大抵不过如此。

过了一会儿，小玉站起身打开壁橱，从象皮材质的包中取出自己亲手缝制的细白布围裙，系在腰间。她深深叹了一口气，步入厨房。同样是围裙，若是绢布制的，在这女子身上却俨然成了一种正装，因此在她进入厨房时，通常不会系上这围裙。她甚至厌恶连浴衣的领口也沾上污垢，将手巾折好，搭在鬓角与发髻触碰领口的地方，以免弄脏。

此时的小玉，情绪已恢复了相当程度的平静。接受命运的无奈，是她最为熟悉的内心活动之一。她的心境仿佛经过油润的机器，运转得平滑而顺畅。

拾

　　某一日的夜晚，末造如往常般来访，坐在箱式火盆对面。自第一晚起，每当末造走入屋内，小玉总会从坐垫堆里取出一个铺在火盆对面，静候末造入座。他盘腿坐在垫子上，点着香烟随意谈些世间琐事。而小玉则显得无措，总是呆坐在自己的位置上，时而抚摸火盆的边缘，时而摆弄火钳，言辞简短地回答着末造的问题，语气里带着些许羞怯。

　　小玉的举止，仿佛若将她从火盆边拉开，另觅一席而坐，她便会不知身处何处般慌乱。她似乎倚靠着火盆这个屏障，仅勉强与对面的人周旋。二人谈了片刻后，小玉忽然起了兴致，说起一段较长的话。这些话，无非是她与父亲同住那些年里经历的小小喜怒哀乐而已。末造听着这些，倒并不在意她话语的内容，更像是在听笼中铃虫清脆的鸣唱一般。小玉的声音柔和稚嫩，令末造不自觉地微微一笑。正当此时，小玉突然意识到自己絮絮叨叨得太过，脸颊染上羞涩的红晕，赶忙收住话头，重新将话语压缩至短短的应答。她的每一言每一行都显得那样天真无邪，而对末造这样惯于锐利观察的人来说，小玉的内心宛如一汪澄净的水，毫无隐秘可言。这种面对面的相处，对末造而言，犹如劳作之后沐浴在适温的热水中，时时刻刻感受着温暖的愉快。这种体验，对末造来说简直是一种全新的经历，他从开始造访小玉的住所起，便仿佛猛兽渐渐驯服于人那样，不自觉地被一种教化所感染。

大约三四日后，末造发觉自己如常坐在箱式火盆对面时，小玉虽无特别事务，却总是显得忙碌不安，做些琐碎的事。那份郁郁寡欢的模样，越发引起他的注意。小玉此前就一直避开他的目光，或是在应答时显得迟疑。但今晚，她的神情和动作之间，似乎藏着某种特殊的心事。

"喂，你是不是在想什么事情？"末造一边往烟管里填烟草，一边问道。

小玉此时正将箱式火盆的抽屉拉出一半，像是在翻找什么，却又并无真实的对象，只是静静凝视着抽屉内部，她答道："没有啊。"那双大眼睛直直注视着末造的脸。若说藏着什么秘密，那不过是些不值一提的琐事罢了。

末造不禁微皱的眉头，在不自觉间舒展开来，"可不是没有吧？'怎么办？怎么办？'这几个字都写在脸上了呢。"

小玉的脸顿时涨得通红，沉默了片刻，似在酝酿词句。她的表情如同一架精密的机械，连每个细小的齿轮如何运转都清晰可见，她说道："那个……我此前一直想着要去看看父亲，但拖了这么久，到现在还没去成。"

虽能看见机械的运转方式，但却不知道机械会做出什么行动。小虫在面对比自己更大、更强的威胁时，往往会用拟态来保护自己，而女人则会选择撒谎。

末造带着一丝笑意，半是责备半是调侃地说道："原来是这件事。你父亲搬到咫尺之近的池之端，你竟然还没去？要说距离，也不过和对面岩崎家的院子一样近罢了。想去随时都能去，不过呢，明天一早去最好。"

小玉拨弄着火灰，眼角却悄悄地瞟向末造的脸："可我有时候也会考虑太多。"

"可经不起开玩笑。"末造语气仍带着几分温和，"就这么点事，还能有多难想通呢？你啊，到底打算窝在自己世界里到什么时候？"

这个话题到这里便告一段落。结束后，末造甚至提议道："要是真那么不情愿，明早我出门送你走完这四五町的路程好了。"

小玉最近内心思绪万千。每次见到丈夫，她都看着那可靠又机敏的神态，那温柔的举止，不禁暗自纳闷儿：这样一个人，怎么会从事那样叫人生厌的生意呢？她甚至天真地想着，是不是能通过谈话劝他改行，做一份正当的营生。然而不管怎么想，彼时她都未真正厌恶过末造。

末造对小玉内心深处的隐秘情感隐约有所察觉。他试探过几次，觉得其中无非是孩子气的无聊想法。不过，当他深夜十一点从小玉的家中离开，慢悠悠地走下无缘坂时，他又忍不住细想，小玉心底或许还埋藏着更深的秘密。他那通晓世事、惯于观察的锐利眼光，仿佛即将看穿小玉内心一切一般，他甚至推测，或许有人曾对小玉说过什么，从而给她带来了一种隐隐的不安。尽管如此，他始终也没搞清楚究竟是谁，又说了什么。

拾壹

翌晨，当小玉来到池之端父亲的家时，父亲刚刚用完早饭。小玉平日不常梳妆，今早匆匆忙忙地赶来，心里还担心自己会不会来得太早。可这位惯于早起的老翁，早已把门前扫得干干净净并洒上水，另又洗净手脚，铺上新换的榻榻米，简简单单地吃完了他一贯孤独的早饭。隔着两三户人家，近来新开的待合茶屋①到了傍晚便会热闹起来。左右两边的邻居同样是紧闭格子门的家宅，清晨时分周边则显得尤其寂静。若从父亲房内的凸窗望出去，便能透过金松的枝叶，看见柔和的晨风中微微摆动的柳丝，以及那对面池水上无边繁茂的莲叶。而在这片碧绿之中，几点淡红星星点点，那是今晨初绽的莲花。这北向的房子，虽曾有人担心会不会寒气逼人，但在夏日，这幽静之处却是令人向往的居所。

小玉自懂事以来，便常暗自思忖，若命运能稍微待她宽厚些，她定要这样为父亲安排生活，那样为父亲置办舒

①待合茶屋：指那些为观看表演的观众们提供一时小憩的茶屋。

适。但如今亲眼见到父亲居于这样的屋舍中，她不禁感到一丝慰藉：这样的生活已称得上实现了父亲平生的愿望。然而，这份欣喜中却掺杂了些许苦涩。如果没有这苦味，今晨见到父亲时，她的心情该是多么高兴啊。小玉默默望着这一切，深切感到世事的无常。

放下筷子，端起茶杯正要饮茶的老翁，听到那从未有人拜访的门被推开的声响时，心头猛然一跳，他将茶杯放下，朝门口张望。隔着二折的芦苇屏风，尚未见来者身影，便听得小玉的一声："父亲大人。"他心中顿时生出一种想立刻起身迎接的冲动，却硬生生按捺住了，只稳稳坐着。同时脑中急转，思索着待会儿该说些什么。"你居然还没忘记有我这么个父亲。"他一度想用这样的言辞来开口。然而，当小玉匆匆进来，怀着深切的眷恋走到他身边时，那些早已构思好的话竟全说不出口了。他只是沉默地注视着女儿的脸，暗自为自己的沉默感到不满。

啊，这是怎样一位美丽的女子啊！老翁向来为她感到自豪，即便身处贫寒，他也尽力让她免于粗活，让她始终保持干净体面。然而短短十来天不见，她竟如同脱胎换骨一般。曾经的小玉，即便在忙碌的生活中，也仿佛本能般从未让肌肤沾染污垢，但与如今这几日刻意修饰打理过的模样相比，记忆中的她依然带着一种未经雕琢的质朴。父亲看着女儿，老人看着年轻人，都无法不承认眼前人之美。而美本身所具有的抚慰人心的力量，无论是作为父亲，还是作为老者，他也不得不屈服于这种力量。

故作沉默的老翁，仿佛想维持一副威严的神态，脸上却不由自主地流露出几分柔和之色。而小玉，因委身于人的全新境遇，与从不曾离别的父亲又是十多天来的首次相见，心中满是想见而未见的思念。她原本心中早已盘算好的话语，一时竟也说不出口，只满怀喜悦地注视着父亲的脸。

"饭菜可以收走了吗？"冷不丁地，一个女佣从厨房探出头来，用上扬的声调快速地说道。对尚不熟悉这里的小玉来说，她的话听不太明白。那小巧的头顶梳着简单的发髻，下面配着一张丰腴的脸，显得极不相称。而那张脸毫不避讳，带着似乎被惊讶到的神情，直直地盯着小玉看。

"赶快把饭菜收下去，添点新茶来。就用架子上那个蓝罐子里的茶。"老翁这样吩咐着，将碗碟往前推去。女佣应声端起，转身进了厨房。

"哎呀，不用特意给我准备好茶喝的。"小玉连忙说道。

"胡说八道，还有点心呢！"老翁一边站起来，一边从壁橱里拿出一只镀锡的罐子，把鸡蛋饼干盛到点心盘里。"这是宝丹后巷一家铺子做的，这一带特别方便，旁边的小巷里能吃到如燕家①的佃煮②。"

"啊呀，记得和父亲您一起去柳原的剧场听书时，书

---

①如燕：桃川如燕，日本说书先生。
②佃煮：指小鱼和贝类的肉、海藻等中加入酱油、调味酱、糖等一起炖的零食。

场的如燕先生讲到好吃的东西时，还说'这味道，就像我家的佃煮一样'，惹得大家哄堂大笑。那位老先生真是福相十足，刚上场就撅起屁股一坐，模样滑稽得让人忍不住笑出声来。要是父亲也能那样胖胖的就好了呢。"

"我可不会像如燕那样胖起来。"老翁一边回答，一边把盛好的饼干端到女儿面前。

茶端上来了，父女俩就像昨日今日还一起度过似的，随意聊着些无关紧要的话题。忽然间，老翁似乎想说些什么难以启齿的事，斟酌了一会儿，开口道："怎么样啊？还顺利吗？那位老板偶尔会来吗？"

"嗯。"小玉答道，但回答得稍显迟疑。末造的来访哪里是"偶尔"呢？而是每天晚上都必定现身。如果她是嫁过去的正妻，这样被问到感情如何时，大可以坦然地回答："我们关系非常好，请您尽管放心。"但如今是这样的身份，说丈夫每天都来，总让她心中生出一种微妙的不安，实在难以启齿。她稍微思量了一下，说道："还不错，您不必太操心了。"

"如此便好。"老翁答道，但总觉得女儿的回答中有些缺憾。他们一问一答之间，竟无意识地变得含糊其词起来。从前，这对父女什么事情都能坦然相告，彼此之间从未有过秘密。然而现在，即使非出自本愿，他们也不得不以怀揣着秘密，以带有距离的客套语调交谈。还记得以前招了个不靠谱的女婿，被欺骗的时候，虽然面对邻里的目光觉得羞愧，但父女俩心里总有一种"彼此心照不宣"的坦然，因此交流从未有过任何顾虑。但眼下却不同了。父女二人明明已经下定决心，女儿看似找到了一个妥善的安排，日子也不再困苦，却在亲密的谈话间掺杂了几分不易察觉的阴影。过了一会儿，老翁似乎还是希望能从女儿口中听到更明确的答案，便换了个角度问道："他到底是个什么样的人呢？"

"我想想……"小玉说着，微微侧着头，像是自言自语般又补充了一句，"总觉得，他并不像个坏人。虽然相处时间还短，但从来没有对我说过一句粗鲁的话。"

"哼。"老翁脸上带着些许不甚满意的神色回应，"怎么可能是坏人呢？"

小玉与父亲四目相对，忽然感觉心头一阵剧烈跳动。她原本计划今日正是将一些事情告知父亲的时机，然而，一想到父亲眼下因为她的安稳生活而放下了心头重担，她实在不忍心再让父亲为新的忧虑所困。正因如此，小玉强忍住了那份或许会加深父女间隔阂的不快，决意将计划倾诉的可以说是"阳光下的阴影"深处的另一层秘密，原原本本地带来又不动声色地带走，于是岔开了话题。

"听说，他这一生经历了许多事，全凭自己的本事，这辈子才积攒下了如今的家业。所以我一开始总猜不透他是怎样一个人，也因此有些担忧。怎么说呢……大体可以称得上是个有男子气概的人吧。至于这份气概是不是发自内心，还很难说清楚。但总觉得，他似乎很在意别人眼中的形象，无论说话还是做事，都像是在刻意表现。

"话说回来，父亲，光是表面功夫做到位，不也挺好的吗？"小玉抬起头看着父亲说道。女人，即便是最坦率的女人，也总能将心中所藏的秘密掩盖起来，转而谈论其他事情。而对于男人来说，这并非易事。在这种情境下，若是言辞变得冗长繁复，倒也可以说是女人更加坦率的表现。

"也许吧。但我听你说话，总觉得你好像不太信任你的那位丈夫。"

小玉嫣然一笑："您瞧，我现在可是越来越厉害了。以后不会再任人嘲弄了，我这叫有气魄，不是吗？"

父亲看着这个一向温顺的女儿，难得见她有几分锋芒指向自己，脸上不禁露出一丝不安的神色："嗯，我这一辈子可真是被人嘲弄够多了，始终受人欺骗着过日子。不过啊，我觉得，被人骗总比去骗别人更心安。无论做什么生意，都不能失信于人，还得珍惜那些对你有恩的人，记住了。"

"放心吧，父亲您不是总说，'小玉这孩子是个老实人'嘛？我确实很老实。不过最近我也想清楚了，我再也不想被人骗了。我不会撒谎，也不会去欺骗别人，同时也要让自己不再被人轻易骗走信任。"

"这么说，你连丈夫的话，也不全信了？"

"是啊。那个人把我当成了一个小孩子看待。这也难怪，毕竟他是那样聪明伶俐的人，自然会这样想。不过，我也不是像他以为的那样，幼稚得什么都不懂。"

"这么说，你是不是发现了那老板之前说的，有些并非真话？"

"确实有。那位老妇不是常说吗？早些年，那人的正妻去世，留下一个孩子。所以留在他身边照顾起居的女人即使不是名义上的正妻，也和正妻无异。只是碍于世俗眼光，才没有将住在后巷的女人接进门。然而，他的正妻其实还活着啊！而且他自己也毫不隐瞒地这么说了，我当时听得简直目瞪口呆。"

老翁瞪大了眼睛说道："是吗？果然媒人又在使些花言巧语啊。"

"所以说，他一定对正妻隐瞒了我的存在。而既然他能对正妻撒谎，那对我也未必句句属实。我总得多留点心眼儿才行。"

老翁忘了弹掉烟斗里的残渣，只是怔怔地望着忽然间变得成熟老练的女儿。忽然，小玉像是想起了什么似的，开口说道："今天我得回去了。像今天这样过来看看之后，我心里已经放松了许多。从明天起，我会每天都来看您。本来我总怕没得到那个人的许可就跑来，会不合适，所以才一直忍着。昨晚我终于跟他说了，今天才敢过来。他派来给我那儿的女佣还是个孩子，午饭的准备都得我回去帮着才能弄好呢。"

"既然是跟丈夫打过招呼才来的，那就在这儿吃过午饭再走吧。"

"不行，那样太失礼了。我很快再过来看您。父亲，告辞了。"

小玉刚站起身，女佣便慌忙跑出来，帮她整理鞋履。虽说看上去迟钝，但女人遇到女人，总免不了暗中打量。正如某位哲学家所言，即使是走在路上相遇，女人也会将其他女人视为自己的竞争对手。就连将手指插进汤碗里的乡野女子，想必也留意到了小玉的美丽，在旁偷听着这父女间的对话。

"那么，常来看看吧。替我向老板问好。"老翁依旧坐在那里说道。

小玉从黑缎子的腰带间取出一个小钱夹，抽了些钱递给女佣，然后踩上木屐，走出格子门外。

她来时是怀着满腹的苦闷，打算向那能够依靠的父亲倾诉痛苦，一起感叹时来不幸。然而，当她踏出家门时，却不可思议地感到自己比想象中更加轻松和坚强。她明白，好不容易安享平静生活的父亲，不应再徒增烦恼操心；与其让父亲苦恼，不如努力让自己显得坚强稳重些。正是在与父亲交谈的过程中，仿佛沉睡于心中的某种力量被唤醒了。她感到自己脱离了对他人一直以来的依赖，意外地获得了独立。于是，小玉迈步沿着不忍池的湖畔行走，脸上带着明朗的笑容。

斜射的阳光几乎已洒满整座上野山，将中岛弁天神社染成一片绯红。然而，小玉却未撑开她携来的那柄小巧的蝙蝠伞走着。

拾贰

　　某晚，末造从无缘坂归家，发现妻子已经哄孩子入睡，只身守在灯下。平日里，孩子睡后她也会一并躺下，那一晚却独自坐着，低垂着头。末造掀开蚊帐钻了进去，她明明知晓，却未回头看一眼。

　　末造的铺席设在房间最里侧靠墙的地方，与她稍稍隔开。枕边铺着一个坐垫，旁边放着烟草盆和茶具。他坐在坐垫上，抽着香烟，温和地说道："怎么了，还没睡吗？"

　　妻子没有答话。

　　末造也不再多言。他心想，既然自己主动示好，她却冷眼以对，那也无须勉强。于是末造故作无事般，自顾自地吞吐着烟雾。

　　"亲爱的，今天晚上，你到底去了哪里？"妻子突然抬起头，目光直视末造。自从家中雇了仆役之后，她的遣词渐渐带了几分高雅，但二人面对面时，却又变得随意。仅靠一个"亲爱的"，这点体面才勉强维系着。

末造锐利的目光扫了妻子一眼，却并未开口。他察觉到妻子似乎得知了一些情况，但究竟知晓到何种程度，他无法揣测，也因此无法轻率作答。末造并非那种轻易多言、给对方提供把柄的男人。

"我已经什么都知道了！"妻子的声音尖锐，末尾甚至带了几分呜咽。

"说的是什么怪话啊？你到底知道了什么？"末造的语气故作惊讶，甚至带着些许怜惜的柔和。

"真是太过分了！竟能装得这么无辜！"妻子反倒被丈夫的镇定刺痛，声音断断续续，涌出的泪水用襦袢①的袖子擦个不停。

"真是让人头疼！到底说的是什么事？我是一点头绪都没有。"

"哼！居然还这样说？我明明都那么问了，今晚你究竟去了哪里？你居然能做出这种事情来！告诉我有生意要谈，结果却去包养女人。"她那低塌的鼻梁和发红的圆脸，被泪水浸染得像煮熟了一般，一小撮散乱的丸髻鬓发贴在脸侧。她那细长的眼睛被泪打湿，努力睁大盯住末造的脸。她匍匐着挪近，用尽全力抓住末造正拾起烟灰碟中

①襦袢：一种穿在和服内的长衬衣，男女均可穿着。

金天狗①烟头的手。

"放开！"末造挥开妻子的手，随即将掉落在榻榻米上的烟头用力捻灭。

妻子声音颤抖着，又一次抓住了末造的手。"哪有像你这样的人啊？再多的钱又有什么用？只顾自己摆出一副阔绰的主人的架子，却连一件像样的衣服都不肯给妻子添置，只让我照顾孩子，而你却洋洋得意地沉迷于那些妾妇！"

"我叫你撒手！"末造再一次甩开妻子的手，压低着声音却有力地说道，"孩子都快醒了！再说，女佣房里也听得见！"

这时，孩子翻了个身，在梦中咕哝了几句。妻子也不由得压低了声音说："我究竟该怎么办才好呢？"说着，她将脸埋入末造的胸膛抽泣着。

"什么都不用做。你就是因为太善良，才被人调唆了吧。小妾啊，包养啊，这些是谁说的？"末造一边说，一边将目光停在妻子颤抖的散乱丸髻上，心里竟想着无关紧要的问题：为何这些丑陋的女人总要梳那不合适的发型？

当发髻的颤动逐渐变得细碎时，他的目光移到妻子胸前那对饱满的乳房。那乳房曾为孩子提供了充足的养分，如今却像一只抱在胸前的怀炉，压得他感受到似是溺水般的窒息，再度问道："到底是谁说的？"

①金天狗：天狗香烟，明治时代发行的日本产卷烟，分为"赤""青""银""金"几种等级，其中金天狗为最高档的一级。

"是谁说的不重要！重要的是他们说的是事实！"那对乳房的压力越发强烈。

"不是真的，所以不能随便含糊过去。是谁说的，给我说明白！"

"说就说，又不怕。是鱼金的老板娘！"

"什么？听着就像狸猫打哑谜，含含糊糊的。'某某家的老板娘'到底是哪个？"

妻子抬起脸，从末造的胸膛离开，脸上挤出一丝懊恼的苦笑："我不是已经说了，是鱼金的老板娘！"

"哦，她呀。我早料到是她那种人。"末造的眼神变得柔和，注视着妻子那因愤怒而扭曲的脸庞，同时慢悠悠地点燃了手中的金天狗烟。"报社那些记者，总爱扯什么社会的制裁之类的，可我还从没见过这所谓的社会制裁是什么样子。要说起来，那些整天乱传闲话的街坊邻居，倒像是来制裁别人的。像鱼金那样的女人，她的话有几分可信？我现在就把事情的真相告诉你，你可听好了。"

妻子的头脑虽有些混沌，宛如罩上了一层薄雾，但心中依然保留着一丝清醒的怀疑，生怕再次被末造搪塞过去。尽管如此，她仍然目不转睛地望着末造的脸，认真聆听他接下来的话。尤其是当听到"社会的制裁"的字眼时，或是每当末造用报纸上学来的那些复杂词汇说话时，她总会因难以理解而在气势上屈服。

末造抽着几口烟，吐着烟圈，他的目光仍旧紧锁在妻子的脸上，仿佛要通过暗示让她信服，说道："你一定还记得吧？在大学还在老地方的时候，经常来我们家串门的那位吉田先生。

"就是那个戴着金边眼镜，穿着松松垮垮和服的人。他现在去了千叶的医院，可他欠下的账，两三年也未必能还清。那位吉田先生，还在宿舍住的时候，就有一个女人和他在一起了。前不久，那女人还在七曲那边租了个铺子住进去。一开始，吉田每个月都会按时寄钱给她，但从今年开始，既没有寄信，也没有寄钱。于是那个女人求我去替她讨个说法。你肯定会想，这女人怎么会认识我？吉田先生以前常来咱们家串门，怕被人看见不好，就把我叫到七曲的房子里去，谈什么修改合同的事。从那时候起，这女人就认得我了。这事对我也算挺麻烦的。但因为也就是举手之劳，我就帮了她。然而，这事一拖再拖，总也没个结果。那个女人又纠缠着让我帮忙，我才意识到惹上了个麻烦的家伙。她又说是想搬到一个体面些、租金又便宜的地方住，我就帮她联系了切通附近的一户铺子，那地方以前是个鲜有人知的典当铺，前前后后帮她张罗了不少，最近我偶尔也过去，抽两三口烟，歇会儿脚。结果，邻里那些人闲话多嘴，开始乱嚼舌根。你想想那铺子的邻居家是干什么的？收留些女孩子教她们做裁缝手艺的，嘴当然叽叽个不停。有哪个傻瓜会在那种地方养个女人？"末造说完，忍不住露出了一抹轻蔑的笑容。

妻子一直睁着微微发红的小眼睛，热切地听着末造的话。听到这儿，她用略带撒娇的语气说道："你说的这些，也许都是真的。可要是你总去那种女人那里，事情会怎么发展，谁也说不准啊！反正是用钱就能摆布的女人……"她忘记了用上平时的那声"亲爱的"。

"胡说八道！我是那种人吗？有了你这样的妻子还会去碰别的女人吗？过去这么多年，我可曾有过一次这样的事？咱们也不是那种为吃了点醋就吵架的年纪了，闹得差不多就行了吧。"末造想到辩解已奏效，暗自在心中唱起了胜利的凯歌。

"可是，像你这样的人，女人就是容易喜欢啊，我怎么能不担心？"

"哼，这就是所谓'自己信仰的佛①'。"末造轻轻冷笑。

"什么意思？"

"意思就是，像我这样的男人，愿意喜欢的也只有你一个罢了。好了好了，时间都过凌晨一点了，睡吧，睡吧。"

---

①自己信仰的佛：日本俗语。引申为只要自己相信的事物，那么就会将其全盘接受。

拾叁

　　末造这番将真话与捏造交织在一起的辩解，暂时熄灭了妻子心中嫉妒的火焰。然而，这种效果不过是缓兵之策。只要无缘坂上那些真实存在的事物依然存在，背后的闲言碎语和牢骚就不会停止。这些流言蜚语最终往往通过女佣之口传到妻子的耳朵里，比如："今天又听说某某看到您丈夫进了那扇格子门呢。"

　　然而，末造从不缺乏辩解的理由。若妻子质问为何他的所谓商务总是在晚上进行，他便答道："谁会大清早就开始商量借钱的事？"若问他为何过去不像现在这般，他则说："那是因为以前放贷还没那么大规模。"在搬到池之端之前，末造凡事亲力亲为，如今却已不同。除家附近的办公室以外，还在竜泉寺町设有一个类似办事处的住所，让那些为钱所苦的学生免于长途奔波。根津的借贷者可以直奔办公室，而吉原的则前往办事处。此外，吉原的西之宫的用作烟花柳巷引导的茶屋和末造的办事处暗中勾连，只要办事处开了绿灯，即便没有现金，也可照常寻欢作乐。宛如建成了一处供人花天酒地的补给站。

末造夫妇在接下来的一个多月中，并未发生使关系更加不和的冲突。可以说，这段时间里，末造巧妙的诡辩暂时起了作用。然而某日，一场意外，打破了这短暂的平静。

那日，丈夫正巧在家。清晨凉快的时候，阿常带着女佣到广小路去采买。归途中经过仲町，走着走着，女佣忽然轻轻扯了一下她的袖子。"干什么？"阿常责怪地看着女佣的脸。女佣默默地指了指左侧一家店中站立着的女子。阿常不情愿地望过去，不由自主地停下了脚步。就在这时，那店里的女子转过身来，阿常与之四目相对。

起初，阿常以为那是一名艺妓。她迅速判断，若真是艺妓，这女子无疑是数寄屋町中最出类拔萃的美人之一。然而，几乎在下一瞬间，她又察觉到，这女子似乎缺少了艺妓所特有的某种东西。至于究竟为何，阿常无法用语言来描述，若勉强说明，或许可以称之为夸张的装扮。艺妓的衣着总是显得格外讲究，而这种讲究中往往带着些许过分的修饰，这样讲究的装扮使艺伎失去了温文尔雅。而此刻，这名女子的举止之中恰恰缺少了这种夸张，阿常正是因此感到异样。

站在店前的那女子，显然对经过她身旁、驻足观望的行人并不在意，只是无意间回头瞥了一眼。而在目光所及之处，她似乎并未发现任何值得留意之处。随即，她微微收拢了膝盖间撑着的蝙蝠伞，又从腰间取出一个小小的蟾口包，低头往里探看，似乎正在寻找零散的银币。

那家店是位于仲町南侧的多志我良屋。这家店名因其怪异的读法而广为人知，"多志我良屋"倒过来读是"屋凉，我至多"。店中售卖印有金字的、用红纸包装的牙粉。当时，所谓的牙膏尚未传入日本，而优质又不粗糙的产品，仅有散发牡丹香气的岸田"花王散"与这家"多志我良屋"的牙粉二者。那名站在店前的女子并非陌生人，她正是清晨探望父亲归来，顺路来此买牙粉的小玉。

当阿常走出四五步后，身旁的女佣悄声低语："夫人，那就是无缘坂上的那个女人。"

阿常默默地点了点头，却并未对女佣的话表现出特别的反应，这种冷淡的态度让女佣颇感意外。事实上，当阿常意识到那女子并非艺妓时，她本能地确信，那正是住在无缘坂的女子。这一确信部分来自直觉，部分则出于推理：女佣若仅仅是看到一位美貌女子，绝不会特意拉她的袖子示意。此外，还有一个意外的细节影响了她，那便是女子手中撑在膝边的蝙蝠伞。

这事还要追溯到一个多月前。某日，丈夫从横滨归来，带回一把蝙蝠伞作为礼物。这伞的伞柄异常修长，撑开后伞面却显得略小。若是高挑的西洋女子拿着，倒是显得俏皮可爱；但身材矮小圆润的阿常手握此伞时，说得极端些，仿佛拿着一根晾衣竿的尖端挂着块布。因此，这伞自带回家后，她一次也未曾用过。这伞的伞布是白底，其上印着细密的弁庆条纹①，染成了深蓝。而方才站在多志我良屋门前的女子，阿常十分确定，她手中的蝙蝠伞与那伞一模一样。

当她们拐过酒铺的转角，向池边走去时，女佣讨好似的说道："夫人您看，那女人其实也不怎么好看吧？脸平平的，个子又怪高的。"

"别说这种话。"阿常回了一句，不再理会女佣，迈开步子径直向前走去。女佣却因话未起作用，一脸不满地跟在后头。

阿常只觉得胸中翻腾，无法清晰地思考。对于丈夫，她既没有明确的应对之策，也未决定要说些什么。相反，她还是想着必须早点和丈夫正面交锋，表达内心的某些情感。她不禁回想起那把蝙蝠伞的事情。当时，丈夫将那把伞作为礼物送给她，她是何等欢喜啊！此前，如果不是她要求，末造从未主动带回一件礼物。她也曾觉得奇怪：为何这次与以往不同，丈夫竟如此贴心地买礼物？但那时，她只把这奇怪归结为丈夫忽然变得体贴。然而现在再回过头来想，很可能是那女子请求丈夫买伞，丈夫顺带着也买了一把给她自己。一定是这样！她竟对此毫不知情，甚至为此感激不已。自己拿到那把不称手的伞，却还感到荣

---

①弁庆条纹：白色、藏青色，藏青色、褐色，或藏青色和浅葱等两种颜色的线，按照横纵织成格子形的花纹。

幸。不仅仅是那把伞，那女子的衣服、头饰，或许也都是丈夫为其置办的吧？想想看，自己此刻手中撑着的，是一把棉缎面的小伞，与那进口蝙蝠伞相比，简直天差地别。自己与那女子之间的区别，就如她们身上的装饰物那样显而易见。不仅仅是她自己受到冷落，就连孩子也没能得到关爱。阿常想给儿子添一件像样的衣服，却总被丈夫以"男孩子有一件筒衣就够了"为由搪塞。而女儿的衣服，丈夫更是不愿置办，总说"给小孩子做高档衣服是浪费"。一个握有万贯家财的男人，他的妻子和孩子竟然像他们母子现在这般寒酸，这世上哪有这样的道理？现在想来，也许正是因为有那女子在，丈夫才对他们母子如此漠不关心。丈夫所谓的吉田先生的旧情人的说辞，是真是假根本无从判断。很可能早在七曲租住的时候，那女子便已被丈夫养在外头。不对，不是可能，一定是这样。丈夫近年来因财运亨通，开始在衣着装扮上讲究排场，而这所谓的交际需求的说辞，其实不过是为了掩饰那女子的存在罢了。

"丈夫从未带我去任何地方，却一定带她四处游玩。啊，多么可恨！"正想着这些，忽然听到女佣的惊呼："哎呀，夫人，您这是要去哪儿呀？"

阿常猛地停下脚步，吃了一惊。原来她低着头一路疾行，竟没注意自己快要走过自家大门。女佣见状，毫不顾忌地笑出了声。

拾肆

　　早晨用过饭，收拾妥当后，阿常便带着女佣出门买东西。当时，末造正一边吞云吐雾，一边看着报纸。然而，当阿常返回家时，却发现屋里已空无一人。她本是满腔怒火地回家，心想若是丈夫在家，便不管三七二十一，扑上去质问他，哪怕哭闹也罢，总之要发泄这委屈与愤怒，谁知却扑了个空。

　　接下来她还得准备午饭。孩子当季的裌衣已缝到一半，也要抓紧时间做完。阿常机械地忙碌着，一如往日。她原本锋利如刃、要与丈夫对质的决心，也在这日常琐事中渐渐被磨钝了。其实，这样的冲突在过去并非没有过。她总是下定决心，以为自己这次会像猛兽一般，狠狠地撞上"石墙"，把所有的愤怒与委屈宣泄出来。然而，每每冲上去，却发现那看似坚硬无比的石墙，竟不过是一道软软的帘幕，任她发力，也如打在虚空。

　　而每当她听见丈夫用那油嘴滑舌，说出似是合乎道理的话时，她并非真的被这些道理所说服，而是莫名地感到自己的怒气渐渐被削弱打散了。今天，她心中原本鼓起的第一波冲动，也似乎无法顺利爆发了。阿常和孩子一起吃午饭，充当孩子们争吵的判官；继续缝着袷衣；又开始准备晚饭；她替孩子洗澡，自己也冲洗了一下；点燃蚊香后，和孩子一起吃晚饭。饭后，孩子出去玩耍，直到玩累了才回来。女佣从厨房出来，开始铺床，挂上蚊帐。阿常给孩子洗手，哄他们睡下。随后，她将丈夫的晚饭用罩子盖好，把铁壶放到火盆上，搬到隔壁间。这是丈夫不回家吃晚饭时，她一贯的安排。

　　阿常机械地完成了这一切，然后拿着一把团扇，爬进蚊帐坐下。这时，早晨在路上遇见的那个女子，此刻很可能正跟她丈夫媾合的这一念头，忽然清晰地浮现在脑海中，令她烦躁不安。她感到难以安坐下来，心里反复地念着："怎么办？怎么办？"渐渐地，她生出一个冲动：想走到无缘坂那所房子前去看看。她记得，曾经带孩子去藤村买他们最喜欢的薄皮豆沙包时，路过那里，认出那是裁缝师傅家隔壁的一处宅子，门前有格子门。"只是到那儿看看罢了。"她对自己说，"看看有没有灯火从屋里透出来，或者有没有哪怕微弱的说话声传出来。只要知道这些就够了。"但立刻又想："不行，不行，这绝对做不得。"要想出门，她必须经过女佣房旁边的走廊，而那儿的屏风最近被拆掉了。阿松应该还没有睡，应该正坐在那里做针线活儿。

此时若被问起大晚上的要去哪里，阿常根本无法回答。如果说是出门买东西，阿松一定会抢着去替她跑腿。如此一来，无论她多么想悄悄地去看看，也终究是无法成行的。唉，到底该怎么办才好？回想今早回家时，她并没有半点儿急于见到那个人的念头。如果那时碰见了他，自己会说些什么呢？多半是些毫无头绪的话吧。倘若如此，那个人一定又会用些冠冕堂皇的说辞，将她自己哄骗过去吧。他那么聪明，无论如何都不可能在争执中落下风。也许索性什么都不说会更好？可沉默又能有什么用呢？他身边既然有了那样的女子，恐怕根本不会把她放在心上。到底该怎么办呢？到底该怎么办？

反复想着这些问题，思绪不断绕回最初的起点。她的头渐渐变得昏昏沉沉，脑中一片混乱。不过既然无论怎么和丈夫争论都没有作用，她决定那不如就暂且忍耐吧。

就在这时，末造走了进来。阿常故意摆弄着手中的团扇，假装专心地看着扇柄，一言不发。

"哎呀，又摆出这副怪模样了，怎么啦？"末造的语气轻松，显然没有因为妻子没说往常的那句"欢迎回家"而感到不悦。他的心情不错。

阿常依旧沉默不语。她原本决定避免冲突，但一看到丈夫回来，那股压抑已久的怨愤便迅速涌上心头，使她几乎无法抑制住自己，不得不发作。

"又在胡思乱想了吧。别这样，别这样。"末造一边说着，一边将手搭在妻子的肩上，轻轻晃了两三下，随后坐到自己的床铺上。

"我在想，我到底该怎么办呢？即使说是要走，可也没有可以回去的地方，还有孩子在……"

"什么？你说不知道该怎么办？天下太平无事，什么都不用做就好了。"

"那是你可以随口说说的搪塞的话罢了。你只要把我敷衍过去就行了。"

"真是奇怪了，敷衍这种话，我哪会有什么敷衍的事？你只管好好地待着就行。"

"喝点茶吧。反正我这个人在与不在，对你来说都无所谓。哦，不对，不是无所谓，应该是——我不在才最好，对吧？"

"别这么拧巴地说话。什么不在才最好？这话可差远了。要是你不在，那可真是伤脑筋。光是照顾孩子这一件事，对我来说就够呛了。"

"那也没关系，到时候自然会有一个漂亮的后妈来替我照顾孩子吧。我们的孩子就成了她的继子。"

"荒唐！我们俩都健在，哪儿来的什么继子继女？"

"是啊，肯定是这样。啧，真是令人羡慕呢。那么你打算就现在这样一直过下去咯？"

"这还用问吗？"

"是吗？既然如此，所以你就让美人和丑女撑着一模一样的蝙蝠伞？"

"咦，这是什么话？你这说得像在演一出小短剧。"

"是啊，反正我这种人，可没资格出现在正统的狂言剧目里。"

"比起狂言，我更希望听到点认真的事。到底你说的那蝙蝠伞是怎么回事？"

"你心里明白。"

"怎么会明白？我是一点头绪都没有！"

"那就由我来说。你还记得从横滨买回来的蝙蝠伞吗？"

"记得，那又怎样？"

"那伞可不是只为了我而买的吧？"

"当然只是为你买的，还能给谁？"

"不，那可不是只为了我买的。而是为无缘坂的那个女人买的时候顺带着想起，才给我也买了一把，不是吗？"话虽从一开始就在说蝙蝠伞，但当阿常把这些话具体地说出口时，内心那股压抑的怨恨变得更为汹涌。

这番指控可谓"直击核心"，末造顿时心中一惊，但他立刻装出一副被弄得哭笑不得的样子，"这可真是荒唐啊！你的意思是，吉田先生的女人那里也有一把和你一模一样的伞？"

"因为是给她买的，才会连我的也一起买了，所以当然是一样的伞！"她的声音在这一刻锋利如刀。

"什么话！真是无稽之谈。适可而止吧！确实，那伞在横滨买给你时，还是新款式的样品，但现在可能早就在银座这种地方满街都是了。这可真是戏台上常见的桥段，所谓的无妄之灾。你这意思是说，你已经在某处见过那个吉田先生的女人了？你怎么了解得这么清楚！"

"我当然认得出那个女人！这附近谁不知道她的事？毕竟她可是大美人啊！"阿常用愤恨的声音说道。以往，每当末造装出一副若无其事的样子，她总不由得心生疑念，暗自认定或许真如丈夫所说。然而这一次，那强烈的直觉仿佛让她目睹了事情的经过，末造的言辞再也无法让她相信"或许真如其所说"了。

末造听罢，想弄清楚阿常到底是怎么见到那女子的，是碰巧遇见还是交谈过，但权衡之后，他觉得此刻深究反而会对自己不利，便故意不再追问。"你说美人？那种人也算美人？我看不过是个脸平平的怪模样的女人罢了。"

阿常没有再说话。但听到末造对那个女子容貌的挑剔，不由得心里略微松快了一些。

当晚，激烈争吵过后，两个人又像往常一样恢复了表面的融洽。然而，阿常的心里却仿佛仍有一根未拔的刺，隐隐作痛。

拾伍

　　末造家中的氛围逐渐变得沉闷，压得人窒息。阿常时不时地呆坐着望向天空，什么活儿都不干，连孩子的照顾也无法顾及。孩子如有所索求，她便怒气冲冲地呵斥。随后又意识到自己的失态，向孩子道歉，或是一个人低声抽泣。女佣问她饭菜要准备什么，她要么沉默不答，要么回一句："你自己看着办吧。"末造的孩子在学校里因高利贷之子的身份被同学排挤。末造一向爱干净，要求妻子细心照料孩子，因此孩子在外总是干净利落，如今却不同了，孩子的头发沾满脏污，衣服破破烂烂，随意在街上玩耍。女佣也抱怨"夫人现在这副样子，真是给我添了不少麻烦"，一边嘟囔着，一边像是让上等马吃路边的野草那样对家务敷衍了事——原本用来防鼠的容器里的鱼肉腐败，蔬菜逐渐枯萎成干。

　　对于一向追求家中井然有序的末造来说，这样的景象令人无法忍受。然而，他心里明白，这一切的起因全在于自己，因而无处发泄。而且末造平日里即便有牢骚，也擅长用半开玩笑的方式轻松地表达，还能促使对方反思。可现在，这种方式恐怕反而会让阿常的情绪更加低落。

末造选择沉默，开始暗中观察妻子的行为。渐渐地，他意外地发现了一个耐人寻味的现象：阿常的异常举动，往往在末造在家的时候格外明显，而在他离家时，阿常倒显得清醒许多，还能正常地忙碌家务。通过孩子和女佣的言语，末造终于明白了其中的关系。最初，他对此感到震惊，但凭借那聪明的头脑，他陷入了深深的思索。

末造意识到，妻子如今的病态情绪，正是因他在家时那张让她不快的脸所引发的。他一心想避免妻子对自己的冷漠或疏远，然而事实却恰恰相反。自己在家时，妻子反而不自在。这种情况，简直就像明知药物会加重病情却还硬要喂下去一样，荒唐至极。于是，末造便想着反其道而行之。

末造开始比平时更早离家，或更晚归家。然而结果十分糟糕。早出时，妻子最初只是惊讶地看着他，沉默不语；而晚归时，与往常的消极手段不同，妻子再也无法隐忍，怒火中烧地质问："你今晚去了哪里？"接着便泪如雨下，哭得声嘶力竭。从那以后，每当末造准备早出时，妻子便会追问："你接下来要去哪里？"并试图强行阻止他。如果末造说了去处，她便断定那是谎言。如果执意要走，她就以有要事相告为由，能拖一会儿是一会儿。甚至有时拉住他的衣服不放，或者直接站在玄关挡住去路，全然不顾女佣在旁看着。末造素来以谈笑风生般平和处理不顺心的问题为信条。然而却曾有一次，末造推开紧紧缠住的妻子，甚至让她摔倒在地，而这一不堪入目的情景正巧被女佣撞见。每当这种情况发生，末造即使心平气和地留在家中，准备倾听妻子的要事，妻子就会提出："你打算怎么处置我呢？"或者"我这样下去，未来该怎么办呢？"等一些并非一朝一夕能解决的问题。总之，末造为了应对妻子的心病所采取的早出晚归的策略，完全未能奏效。

末造又陷入了沉思。他发现自己在家时妻子感到不高兴，而自己一旦试图离开，她却偏偏强迫自己留下。细细想来，妻子似乎是在刻意寻求让他留下，又刻意寻求理由让她自己的情绪恶化。这种矛盾的心理不禁让末造想起了和泉桥时期的一段往事。那时，有个借了他钱却始终不肯归还的学生，名叫猪饲。这个人穿着随意，总是光脚踩着木屐，走路时左肩还比右肩高出两三寸。他多次躲着不肯还钱，甚至连借据也不肯续签。然而有一日，末造在青石横町的拐角处碰上了他。末造问他："你去哪儿？"猪饲答道："就去前面柔术老师那儿。钱的事嘛，总有一天会还的。"说罢，他匆匆溜走。末造假装离开，却悄悄折返，站在拐角盯着猪饲的动向，看到他走进了一家名叫"伊予纹"的饭馆。末造记住了这家店，随后去广小路办自己的事，过了一会儿又折回伊予纹，径直进去找人。猪饲见末造突然出现，大吃一惊，但仗着他一贯的豪放做派，竟招呼两名艺妓热闹地喝起酒来，还硬拉末造入席喝酒，说："别扫兴，今天咱们一起喝一杯吧。"那是末造头一次在宴席见识到所谓的艺妓。其中有一个女人，气势凌人，竟让人有些不寒而栗。她似乎是叫阿春。她喝得酩酊大醉，坐在猪饲面前，不知为何心中不快，竟当场开始出言不逊，末造未做回应，那一刻的话却深深地刻在了他的脑海里，至今难忘。"猪饲先生，别看你总是一副强硬的样子，可其实完全没有魄力。听我一句，女人啊，只有对那些敢时不时给她一巴掌的男人，才会真正动心。你可要牢牢记住我的话。"

"并不限于艺妓，或许天下的女人都是如此。这几天，阿常总是把我留在身边，却摆出一副不高兴的模样，像是存心和我对着干。她那神情分明在向我传递一个信息：她想让我对她做点什么。她想挨打。没错，她想挨打。这一点毫无疑问。之前阿常跟着我连饭都吃不饱，像牛马一样地干活，变得麻木得像个畜生，压根儿没有一点女人的性情。可自从搬到现在的新家后，她开始使唤起了女佣，被人称作'夫人'，渐渐过上了像个人样的生活，居然有点接近寻常女人的样子了。于是，正如阿春所言，她开始渴望被打了。

"那么我呢？直到手头攒够了钱之前，别人怎么说我都无所谓。哪怕是那些乳臭未干的小毛孩儿，我也会低声下气地称他们一声‘老板’，恭恭敬敬地鞠个躬。被踩了也罢，被踢了也罢，只要不吃亏，我都能忍，就这样闯过了世间的风风雨雨。每天，每到一处，无论站在谁的面前，我都像一只低伏在地的壁虫一般，卑微得不能再卑微。在我与世人打交道的过程中发现，这些人中，那些在上司面前低声下气的家伙，往往会对下属冷酷无情，专挑弱者欺负。醉酒就挥拳打女人、打孩子。而我不同，我没有所谓的上级或下级的概念。凡是能让我赚钱的人，我就伏低做小，毫不犹豫地匍匐在地。而至于那些对我无用的人，无论是谁，对我来说都如空气一般，全然无关紧要，我根本懒得理会，任其自生自灭。我不会做出打骂的那种无用功，与其花那功夫去浪费时间，不如多算一笔有益的账目。这种待人接物的态度，我对自己的妻子也一以贯之。

"阿常那家伙渴望被我打一顿。虽然有些对不住她，但恕难从命。债务人的油水，我可以榨到连最后一滴苦汁也不剩。然而我万万不会做出打人的行径。"末造心里这么盘算着。

拾陆

　　无缘坂的行人渐渐多了起来。九月，随着大学课程的开始，暑假里返乡的学生们，纷纷回到了本乡一带的租住屋。

　　早晚已然凉爽，然而正午的阳光却仍旧毒辣。小玉的家里，搬家时刚换上的青竹帘还没有褪色，紧紧地遮住了凸窗的竹格子，从上到下无一缝隙。小玉百无聊赖地倚在窗边，看着柱子上插满了团扇的扇架，其中有些画着晓斋[①]或是真[②]的画，她从中抽出一把扇子，怔怔地望着街道上往来的人群。下午三点过后，三三两两的学生成群结队从街上经过。每每此时，隔壁裁缝师傅家的女孩们，叽叽喳喳的声音越发响亮，宛如一群雀鸟的啼鸣。这喧闹声促使小玉不由自主地向外张望，留意那些学生的模样。

　　那时候的学生，大多是后人称为壮士一类的人物。

①晓斋：河锅晓斋，日本幕末明治时期的天才浮世绘画师。
②是真：柴田是真，出生于江户时期的日本国宝级漆艺家。

偶尔能看到几个装扮文雅、举止斯文的，那通常是即将毕业的学生。肤色白皙、五官端正的男子，往往显得轻佻自负，举止油滑，让人难以心生亲近。至于那些不属于此类的人，或许他们之中亦有学问出众者，但在女人的眼里，这类人面容粗犷、举止鲁莽，令人生厌。

小玉依然每天漫无目的地凝视着窗外路过的学生们，却在某日无意中察觉到自己的内心似乎有什么东西悄然萌芽，顿时大吃一惊。那仿佛是潜藏在意识深处的一团情感的雏形，成型后忽然以完整的姿态跃然浮现，令她不由得心神俱震。

小玉一直以来唯一的人生目标，仅仅是为了让父亲过上幸福的生活。正因为如此，她才勉强说服了固执的父亲，甘愿成为别人的姜妇。虽已任凭自己堕落，但却也从利他行为中寻求到了某种心安理得。然而，当她发现那个被寄以希望的丈夫，竟然从事着高利贷的生意时，她完全不知所措。她觉得，自己无法独自驱散胸中的郁结，便萌生了将这份心情向父亲倾诉的念头，想让父亲与自己一同分担这份苦闷。然而，每每想到父亲寄居池之端的那清净安然的生活，便实在不忍心往老人手中的酒杯里滴入哪怕一滴苦涩的毒液。即便这苦痛深深折磨着她，小玉也决心将其深埋心底。正是这一瞬间的决意，让从前只知依赖他人的小玉，第一次感到了某种独立的自觉。

这种意识，使她开始渐渐审视自己的一言一行。末造再度登门时，她不再如以往那般直率、毫无顾忌地对待，而是怀着一份刻意讨好的态度迎接他。小玉的本心却仿佛退至一旁，冷眼旁观着自己的行为与末造的言行，那本心甚至在嘲弄末造，也嘲弄着被末造随心所欲摆布的自己。当她第一次意识到这一点时，不禁感到一阵战栗。然而，随着时间的推移，小玉逐渐习惯了这种心境，甚至认为这便是自己理应拥有的真实内心。

从那之后，小玉对待末造越发热情，而她的内心却越发与他疏远。她已不再为依赖末造而感到不安，也不觉得末造为自己所做的事情需要特别感激对方。甚至，她开始觉得，自己完全不必为此对末造心生愧疚。与此同时，小玉感到，尽管自己既未受过什么教养，也并无一技之长，但若就这样沦为末造的所属物，未免太过可惜了。她常常凝视着街上穿行的学生，心中生出一种荒唐的念头：若是其中有一个可靠的人，能够将她从这现有的困境中解救出来，该有多好啊！当她意识到自己竟沉溺于这样的幻想时，不禁一阵惊愕，怔怔地回过神来。

就在这段时间里，小玉认识了冈田。对于小玉来说，冈田最初不过是窗外众多经过的学生之一。他虽然是个容貌出众、面如冠玉的美少年，却没有那种常见于此类人身上的自傲或矫揉造作的态度。小玉敏锐地察觉到这一点，对他产生了一种说不清道不明的亲切感。自那以后，小玉每天坐在窗边，心中怀着一种隐约的期待，等着看那人是否会再次经过。

在依然不知道他的名字，也不知道他住在哪里的情况下，二人已在街上数次目光交会。慢慢地，小玉感到与冈田之间产生了一种自然的亲近感。有一次，她竟忍不住主动对他笑了起来。然而，这不过是那一瞬间的松懈，是抑制本能暂时麻痹的结果。对于一向温顺内敛的小玉来说，她并未明确意识到自己是要主动去倾心于他，更没有刻意去做出这样的举动。

冈田第一次脱帽点头致意时，小玉的心不由得剧烈跳动，她甚至感到自己的脸颊瞬间涨得通红。女人的直觉向来敏锐，小玉立刻明白，冈田的这一举动并非刻意，而是情不自禁地自然流露。正因为如此，她心中无比喜悦，觉得隔着窗棂的无声交往在这一刻进入了一个全新的阶段。小玉反复在脑海中描绘那一瞬的场景，不厌其烦地回忆冈田当时的神态。

身为妾，虽然名义上寄身于丈夫的家中，表面上享受着世人所认定的庇护，然而这被豢养在围墙内的人却有着外人难以知晓的种种苦楚。某日，小玉的家中来了一个男人，三十岁上下，身穿里翻的印花短着，声称自己是下总地方的人，现要回乡，却因足疾难行，希望能得到些资助。小玉将一枚十钱银币用纸包好，交由女佣小梅递出。那男子接过，拆开一看："十钱吗？"随后冷笑地补了一句，"大概是弄错了吧！麻烦再问问清楚。"话音未落，便将钱扔了回去。

小梅羞愤至极，脸涨得通红，俯身捡起银币退回房内。男人竟毫不避讳地擅自进屋，直接坐在小玉面前的烧着炭火的箱式火盆对面。他东一句西一句地絮叨，不成章法，时而夸耀自己在监狱里的种种见识，时而又开始哭诉自己的可怜。浑身弥漫着浓烈的酒气，几乎让人作呕。

小玉心中恐惧至极，几乎想哭出声来，却咬牙强忍着。她从抽屉中取出两张当时流通的扑克似的蓝色五十钱纸币，用纸包好，当着他的面默默递给对方。男人接过后，意外地并未多做纠缠，说道："有两张五十钱就够了，像您这样的大善人，将来一定会发达的。"说罢，步履蹒跚地离开了。

因为这件事，小玉感到异常孤单无助，渐渐学会了"巴结邻里"。有时，她特意准备一些特别的菜肴，让女佣小梅送到右邻那位独居的裁缝师傅家。

那女师傅名叫阿贞，年过四十，却依旧透着年轻的气息，肤色白皙。听说她曾在前田家内勤到三十岁，后来成了家，但不久便守了寡。阿贞言辞得体，举止优雅，还擅长御家流①的书法。小玉曾向她表示想学书法，她便借了几本字帖供小玉临摹。

---

① 御家流：将小野道风、藤原行成的书法加上宋代的书法风格，给人一种温和、流丽感觉的书法流派。日本室町时代盛行，江户时代用于朝廷、幕府等的公文。

有一日清晨，阿贞从后门过来，为小玉前一天送去的东西表达谢意。二人站着闲聊了片刻，话题忽然一转，阿贞问道："你和那位冈田先生似乎很熟呢？"

小玉尚不知那位学生名唤冈田。然而，她却瞬间明白，阿贞所说的冈田正是指那位学生；她被问及此事，显然是因有人目睹了他向自己致礼的一幕，在此情境下，即使不情愿都得装作心知肚明才行。这些念头如闪电般掠过她的心头。接着，她答道："是的。"其迅捷之态，竟快得连阿贞都未察觉她方才那一丝迟疑。

"他不仅仪表堂堂，听说品行也极为端正呢。"阿贞接着说道。

小玉鼓起勇气回应道："看来您对他了解得很深啊。"

阿贞临走前还补了一句："连上条屋的老板娘都说，尽管接待过那么多借住的学生，却没见过像他这样的。"说完，便告辞离去。

小玉听了这话，心中竟升起一阵仿佛自己被赞誉的喜悦。她低声反复念叨："上条……冈田……"

拾柒

末造到小玉这儿来的次数，随着时间的推移，不但没有减少，反而日益增多。他不再像从前那样总是晚上来，反倒在一些毫无规律的时刻突然现身。这是为什么呢？因为他家里的妻子阿常总是紧紧追着他不放，嘴里念叨着："你得给我个说法，给个说法呀！"末造一时无计可施，只好溜跑到无缘坂这边来躲清静。每当那样的时刻，末造总是淡然地说："没什么说法，照旧就行了。"可阿常却不依不饶，直嚷着非要解决问题不可。她列举一长串理由来，说她回不了娘家、舍不得孩子、岁数渐长，种种问题无一不是在控诉生活条件的桎梏。然而末造却像个机械重复的木偶，始终只回一句："没必要做什么，也不需要改变什么。"但随着争执持续，阿常的情绪越发激动，最后甚至开始歇斯底里。末造索性丢下一切跑出来。他是个喜欢用理性分析一切、对事物抱持数学思维方式的人，面对阿常这样情绪化的控诉，心中始终觉得不可理喻。他认为眼前的妻子，就像站在一间三面封闭、仅一侧敞开的房间里，背对着通路却哭喊着说无路可走那般荒谬的人。

"门口不是敞开着的吗？为什么不回头看看呢？"末造心中如是想着，对阿常再没有别的话可说。阿常如今的日子比过去更宽裕，也并未遭受什么压迫、束缚或掣肘之苦。诚然，无缘坂上的情况，固然是生活中的一个变化，但他自己并不像世间那些男人般，因外面的女人便对妻子冷淡或苛刻，对阿常的态度，反而比以往更加亲切、宽厚。他始终觉得，门口依旧敞开着。

不过，末造的这种想法，难免夹杂了自私。虽说他在物质上对阿常的供给未变，言语态度也与从前无异，但如今有了一个名为小玉的女子存在，却还要妻子如同往昔那般视而不见，这无疑是强人所难。小玉不正是阿常心中的一根芒刺吗？而他，却从未真正下决心拔去那根刺，让阿常的心安定下来。固然，阿常并非一个能将事情理性梳理、条分缕析的人，但她隐约感到，那所谓"敞开的门"，并未真正敞开。在她窥望当下的安宁与未来的希望时，那门口早已被一片沉重而漆黑的影子遮住了。

某日，末造与阿常大吵了一架，便一气之下飞奔出家门。那时，大概已是上午十点过后。他原想直接去无缘坂，但偏巧看见女佣正带着尚幼的孩子站在七轩町的街上，便特意绕到切通，毫无目的地在天神町与五轩町之间快步游荡，嘴里时不时低声吐出"混账""他妈的"之类的粗俗字眼。

走到昌平桥时，他看见对面走来一个艺妓。乍一看，那艺妓的神态竟有几分像小玉。他不禁放慢脚步，侧身与她擦肩而过时细细打量，却见那张脸布满雀斑。末造心中一动，顿觉还是小玉更为秀丽，一种隐秘的愉悦与满足感在他胸中升起，便停下脚步，站在桥上，目送那艺妓的背影渐行渐远。大概是出来采购什么东西吧，长满雀斑的艺妓很快便转入讲武所旁的小巷，消失不见了。

那时眼镜桥仍是稀罕的景观，末造在桥边慢悠悠地朝着柳原的方向漫步。他看到岸边一棵垂柳下，撑着一把大伞，一个男人正在伞下教十二三岁的女孩跳活惚舞①。伞周围照例围了一群看热闹的人。末造站住脚，随意看了一会儿。就在这时，一个穿印花短褂的男子几乎撞到他身上，又仓促闪避而去。末造的目光敏锐，立刻回头，刚好与那男人的目光交汇了一瞬，随后又快速地转过身，不再管他。"瞧这人，眼睛都不看路的。"末造低声嘟囔着，同时伸手进袖中摸了摸怀里。自然，什么也没有丢。那扒手实在不够精明。因为像今天这样与妻子争吵后，末造的神经总是高度紧张，平时察觉不到的细微之处此刻也无所遁形。他原本就敏锐的感官变得更加敏锐，甚至在对方动起

①活惚舞：日本传统艺能，表演者身着白棉布衣裳，系着圆形带扣的腰带，穿着染成墨色的腰衣，围绕着长柄的双层斗笠跳舞。

偷窃念头之前，便已察觉到了危险的气息。即便如此，这种状态下的末造，平日里颇为自豪的自制力，也多少显得松弛了些。然而，这种微妙的变化，普通人却难以觉察。如果有一位极为敏感的人，细心观察末造的言行，或许会发现，他的谈吐比平常更显得能言善辩，他对别人的关心，或者表现出的某种亲切之举中，也隐藏着一种不自然的急切与慌张。

离开家后，末造觉得似乎已经过去了很久。他沿着河岸折返，取出怀表一看，不过才十一点。从家里出来，竟连半小时都不到。

末造又漫无目的地从淡路町走到神保町，脚步看似匆匆，仿佛有什么急事在身。快到今川小路时，他瞥见路边一家挂着"茶泡饭"招牌的小店。这家店，他早已熟悉，二十钱左右便能吃上一份简单的餐食，配着腌渍物和一杯茶。末造原本打算进去吃午饭，但觉得时辰尚早，便继续向前走，穿过那条街，右转，走到俎桥前的一处宽敞街道。如今，这街道已经与骏河台的下方连成一片，但当时却几乎是个尽头封闭的、无法横穿的街道。那条尽头朝着末造方才走来的方向拐去，而后延伸出一条狭窄的小巷，被那些医学生戏称为"阑尾"，从刻有山冈铁舟①题字的神社石柱前穿过。这条小巷似是街区的延伸，与俎桥前那条

①山冈铁舟：山冈高步铁舟，原名为小野铁太郎，为日本江户时代的知名武士。

宽阔的街道相比，宛如盲肠一般附生其上。

末造走过俎桥，右侧是一家售卖鸟的店铺，各种鸟雀的鸣啭声此起彼伏。末造停下脚步，站在这间现在仍尚存的店前，仰头望着檐下挂得高高的鹦鹉与八哥的鸟笼，又低头望了望地上摆放着的白鸽与朝鲜鸽的笼子。接着，他的目光转向店铺深处那里堆叠的几层小鸟笼。那些小家伙们在笼中鸣叫、扑腾，活力四射，声音嘹亮。其中，最为惹眼的是那些色泽鲜艳、黄澄澄的外国种金丝雀，它们的数量最多，鸣声最为热闹。

不过，当末造再细细看时，通体被深沉而强烈的色彩渲染的小小红梅花雀吸引了他的目光。末造忽然想到，若是买下来带回去，让小玉养着，一定十分相称。于是，他问起了那位看似并不怎么急着出售的老人价格几何，最终买下了雄雌一对红梅花雀。当末造付了钱后，老人问他准备怎么带走。末造理所当然地以为红梅花雀应当是和笼子一起卖的，老人却说并非如此。末造只得再三讨价还价，最终还是让老人卖给他一只笼子，用来装这两只鸟。老人那双干瘪的手粗暴地插入那装满红梅花雀的笼中，抓起两只鸟，将它们转移到空笼里。末造便问他这么一抓就能分辨雌雄了吗，老人含糊地应了一声："是啊。"

末造提着装着红梅花雀的笼子，折返回俎桥。这一次，他的步伐慢了许多，不时提起鸟笼，细细端详其中的小鸟。他原本因吵架离家而愤懑不平的心绪，此时已烟消云散，取而代之的是他那慢慢浮现出来的、深藏于心的问题……笼中的鸟，似乎因笼子摇晃而感到害怕，紧紧抓住栖木，缩起翅膀，纹丝不动。每当末造低头察看，它们安静的模样总让他越发期待能尽快回到无缘坂的家，将笼子挂在窗前。

经过今川小路时，末造终于拐进那家茶泡饭的饭馆，坐下用午餐。他将红梅花雀的笼子放在面前漆黑的小膳桌上，一边看着笼中娇小可爱的鸟，一边想着同样令人怜爱的小玉。尽管茶泡饭的菜肴称不上丰盛，他却吃得格外香甜。

拾捌

末造买给小玉的那对红梅花雀，意外地成了小玉与冈田开口说话的媒介。

说到这儿，我不由得想起了那一年的气候。那时候，已经去世的父亲在北千住的后院种了一些秋草。我每逢星期六从上条屋回家，总能看到父亲忙碌的身影。那一年，父亲为即将到来的二百十日①做好了万全准备。他买了许多细长的篍竹，一根根插在女郎花和兰花旁边，用绳子绑牢。不过，二百十日平安无事地度过了。父亲却又开始担心二百二十日，结果也有惊无险。但从那时起，天气日渐变得诡谲不定。每日云层的形状都透着不稳定，仿佛随时会有暴风雨席卷而来。有时天气又闷热得像回到了夏天，令人喘不

①二百十日：日本将春节后的第210天称为"二百十日"，被认为是台风降临的灾难日，在这一天，日本有防止台风造成更大损害而采取预防措施的风俗。后文的"二百二十日"即为春节后的第220天。

过气。巽（东南）方的风有时会骤然增强，旋即又悄然停歇。父亲曾说，这二百十日算是"稀里糊涂"地过去了。

某个星期日的傍晚，我从北千住回到上条屋。学生们似乎都外出了，整座租住屋显得异常安静。我回到自己的房间，一时有些发呆，忽然听到隔壁传来划火柴的声音。我本以为隔壁的房间今日无人居住，心中正觉孤寂，于是急忙扬声道："冈田君，你在吗？"

"嗯。"一声含混不清的回答。我和冈田早已熟络，平日不拘礼节，但这一声回应，却与往常有所不同。

我心中暗自思忖：刚才自己心不在焉，而冈田似乎也有些神思不属。大概在思索着什么吧。这样想着，我不禁好奇他此刻的表情，于是又开口搭话道："那个……我可以过来打扰你一下吗？"

"没什么打扰不打扰的。事实上，我刚才正愣神儿呢，听到你回到隔壁房间弄出声响，才终于提起精神点了灯。"这回，冈田的声音清楚了许多。

我走到走廊，推开了他房间的障子门。冈田打开着那扇正对铁门的窗户，对着书桌，双肘支在桌面上，望着外面昏暗的景象。那扇窗镶着竖直的铁条，窗外的护道①边种着三两株侧柏，叶子上覆着一层尘土。

冈田转过头来对我说道："今天真是莫名其妙地又闷

---

①护道：围在房屋周围的细窄小道。

又热。我这里还有两三只蚊子，吵得人心烦意乱。"

我在他书桌旁盘腿坐下，说："是啊，我父亲还说这叫'二百十日的稀里糊涂'呢。"

"嘿，'二百十日的稀里糊涂'这说法挺有趣，也许还真是那么回事。今天天气阴晴不定，我原本想着出门，又犹豫不决，结果整个上午就这么躺着看你借我的《金瓶梅》。看着看着，脑袋也有些发昏了。午饭后我闲逛了一会儿，偏偏碰到一件怪事。"冈田说这话时，依然望着窗外，目光未曾转向我。

"什么怪事？"

"捉蛇。"冈田转过脸，看着我说道。

"是救了某位美人吧？"

"不，是救了只鸟。不过嘛，这事也跟美人有点关系。"

"这倒有意思了，说来听听吧。"

拾玖

冈田如下讲述。

午后时分，天空乌云翻滚，狂风一阵一阵地猛扑过来，搅动街头的尘土，旋即又平息下来，半天埋首于中国小说的冈田，被《金瓶梅》的情节搞得头昏脑涨，便漫无目的地出门散步，无意中沿着惯常的步伐拐向无缘坂，脑袋仍是一阵迷糊。中国小说大抵叙事平淡时能延续十几页，甚至几十页，可往往像约定俗成般，忽然就会夹杂些荒唐出格的描写。《金瓶梅》尤其如此。

"毕竟刚读完那种书，我走路时展现的样子肯定十分愚蠢吧。"冈田说道。

走了一会儿，右侧便是一段岩崎家宅邸的石墙，路也开始缓缓向下倾斜。这时，他注意到左侧聚集了一些人。正好是在他每次路过时总要多看一眼的那户人家门前，然而，唯独这一细节，在冈田向我叙述时却略过不提。聚集的全是女人，有十人左右，其中大部分是年轻的姑娘，叽叽喳喳像群小鸟般吵闹着。冈田没有细想，也没有产生要弄清楚缘由的好奇心，却仍从道路中央朝她们那边走近了两三步。

一众女人的目光都集中在同一个地方，冈田顺着她们的视线望去，发现了引发这场骚动的源头。那是这家人挂在格子窗上的一个鸟笼。也难怪女人们惊叫，就连冈田看到笼子里的情景也着实一惊——鸟在狭小的笼中惊慌失措地扑腾着翅膀，边飞边啼叫，似是某物给鸟带去了极大的恐慌，定睛一看，一条硕大的青蛇的头部已经挤入了笼中，它将自己的脑袋像楔子般塞进了竹条的缝隙间，乍看之下鸟笼本身似乎没有损坏，显然是青蛇顶开了一个自己身体大小的口子，将头探入其中。为了看得更清楚，冈田又上前了两三步，站到了那些肩并肩挤在一起的小姑娘们的后方。此时，姑娘们一致认定冈田是个救星，她们像商量好了一样，自觉地让开一条路，迎冈田上前。当冈田走上前时，他又有了新的发现——原来笼子里并不是只有一只鸟！

笼中飞扑逃窜的鸟旁，另一只羽色相同的鸟已被蛇衔住。那鸟虽然只是一侧的翅膀完全被含在蛇口中，但似乎因惊恐而如死了一般，另一侧的翅膀无力地垂下，身体仿佛成了一团棉絮。

此时，从人群后方走出一位稍显年长的女子，看样子应是这户人家的主人。她神色慌张，而且还带着些许局促，向冈田开口，请求他设法处理这条蛇。"虽说隔壁学裁缝的各位一听到动静就都赶来了，可是我们这些女人实在无能为力。"她补充道。人群中一位年轻的小姑娘随即说道："刚才是这位小姐听到鸟的喧闹声后，推开障子一看，发现了蛇，惊叫了一声，我们才赶紧停下了手上的活儿，全都跑出来了。但真的是束手无策啊！师傅今天正好外出，她上了年纪，即便在家，恐怕也做不了什么。"裁缝师傅周日不休息，而选定周一、周六为休假日，故而当日学徒们正好都在。

冈田说起这些时，特意提了一句："那位主人长得倒是相当标致呢。"但他没有提到，自己早就认得这位女子，而且每次路过都会与她打招呼。

冈田没有立刻作答，而是先走近笼子，仔细观察蛇的状况。鸟笼被悬挂在靠近裁缝师傅家的一侧窗前，蛇是从两户人家的间隙中，顺着屋檐下攀爬过来，逐步逼近鸟笼，将头挤入其中。它的身体像一根绳索般横跨在屋檐的梁上，尾部仍隐没在一旁的柱脚后，显然是一条相当长的蛇。这条蛇大概原本栖息在附近加贺宅邸某处草木丛生的地方，近日因气压异常而离开老巢到处乱窜，途中偶然发现了笼中的鸟。即便是冈田，一时也不禁犹豫起来。那些女人无法处理此事也确实情有可原。

"有没有什么利器？"冈田问道。

那位主人模样的女子立即对一位小姑娘吩咐道："去厨房把菜刀拿来。"这小姑娘看着像是家中的女佣，穿着与那些来邻家学艺的姑娘们相似的浴衣，外面套了一条用紫色美利奴羊毛缝制的围裙。或许是担心用切鱼的菜刀来对付蛇会有碍于将来的使用，小姑娘带着一种抗议的眼神看向主人。主人道："没事，我会给你重新买一把新的。"小姑娘这才释然，飞快地跑进屋，拿来了一把厚刃菜刀。

冈田仿佛有些等不及似的，一把接过菜刀，脱下木屐，将一只脚稳稳地搭在窗台上。他擅长体操，复杂的动作不在话下。他的左手已经牢牢抓住了屋檐的横梁。冈田明白，这把菜刀虽然看着新，却不算十分锋利，因此从一开始便没打算依靠一击致命。他用菜刀压住蛇的身躯，使之紧贴在横梁上，然后反复用力，将刀刃来回划动两三次。蛇的鳞片被切开时，传来一阵如同玻璃破裂般的脆响。此时，蛇已经将衔住的鸟头深深地吞进了嘴角，但尽管身受重创，它既不肯吐出猎物，也没有试图将头从笼中抽回，只是像波浪起伏那样继续蠕动着。冈田毫不松手，继续用菜刀反复划动，大约五六次之后，那不甚锋利的刀刃终于将蛇斩成两段，宛如案板上的肉那般。蛇那不断起伏如波浪的后半身先一步跌落，啪的一声砸在种植着麦门冬的檐溜①流下的地方。

---

①檐溜：即屋檐流下的雨水。

紧接着，蛇的上半身从窗框的嵌槽上滑脱，蛇头仍插在鸟笼中，无力地垂了下来。那半吞着鸟的鼓胀蛇头，被弯曲而未断裂的竹条卡住，无法拔出，整个蛇的上半身重量都压在了鸟笼上，使得笼子倾斜了大约四十五度。在倾斜的笼中，幸存的那只鸟竟尚未耗尽所有精力，依然扑腾着翅膀，飞绕不停。

冈田松开了抓住横梁的手，轻巧地跳回地面。围观的姑娘们一直屏息凝神，紧张地注视着这一幕。这时，已有两三人悄然退去，走进了裁缝师傅的屋里。冈田看着女主人的脸，提议道："得把笼子取下来，把蛇头弄出来。"然而，蛇的上半身依旧吊在那里，从切口处渗出的暗红色血液，一滴滴落在窗台上。见此情景，无论是女主人还是女佣，都没有勇气去解下悬挂鸟笼的麻绳。

就在这时，一个冷不丁的声音响起："要不我帮着把笼子取下来？"众人齐刷刷地转头，目光投向发声处。开口的竟是一名酒铺的小伙计。原来冈田与蛇搏斗那天正值周日，午后，寂寥的无缘坂几乎无人经过，只有这个小伙计路过，他肩上挂着捆好的酒瓶和账本，恰好撞见了这场除蛇害的戏码。等到蛇的下半身跌落在麦门冬之上，小伙计索性将酒瓶和账本丢在一旁，捡起地上的小石块，对着蛇的创口一阵猛砸，每砸一下，那尚未死透的蛇尾便如激起水波般抽搐起伏，此情此景让他兴致盎然。

"那就麻烦小哥了。"女主人拜托道。年龄尚幼的女佣打开格子门，将小伙计领进了屋。不一会儿，小伙计出现在窗边，踩上万年青花盆一侧的窗台，尽力踮起脚，将吊着鸟笼的麻绳从钉子上取了下来。由于女佣不敢接住，小伙计只好手提鸟笼，从窗台跳下，绕到门口走出屋外。

小伙计颇为得意地提醒跟随的女佣："笼子我拿着，但那血得赶紧擦掉，连榻榻米上都滴到了。""确实，快点把血擦干净吧。"女主人随声附和。女佣便转身回屋。

冈田探头看了看小伙计拿出来的鸟笼。一只鸟停在栖木上，瑟瑟发抖；另一只被蛇咬住的鸟，身体大半已被吞入蛇口，即使蛇的身体已被切断，它依旧执拗地试图将鸟完全吞下，直至生命的最后一刻。

小伙计抬眼看着冈田，问："要把蛇取出来吗？"

"嗯，取出来是可以，但得把蛇头提到笼子的中央位置再拔，不然没断的竹条会被折断的。"冈田笑着说道。小伙计动作利落地将蛇头拔了出来，又用指尖捏住鸟尾试着拉了一下，说道："这家伙死了都不松口啊。"

这时，围观的裁缝师傅的学徒们，可能觉得没什么可看的了，纷纷退回邻家的格子门内。

"行，看来我也差不多该告辞了。"冈田说道，朝四周望了望。

女主人似乎陷入了某种遐想，当听到冈田说这句话时，她将目光转向了他。女主人欲言又止，随后又将视线移开。这时，女子注意到冈田的手上沾着些许血迹。"啊呀，您的手弄脏了呀！"她说道，随后叫来女佣，让女佣将洗手盆端到门口。

讲述到此时，冈田没有详述女子的神态，只是说道："不过是小指上沾的一点点血，她竟然也注意到了，观察力真让我吃惊。"

冈田正在洗手之际，那边的小伙计正试图从蛇口中取出被吞的鸟尸，忽然高喊道："哎呀，不得了！"

女主人正拿着一条新毛巾站在冈田身旁，听到喊声后，随即伸手扶住敞开的格子门，探头向外问："小哥，怎么了？"

小伙计一边摊开手紧按鸟笼，一边答道："刚才幸存的那只鸟差点儿从蛇钻进去的洞口逃走！"

冈田洗完手，接过女子递来的新毛巾擦干双手，对小伙计说道："手别松开，继续按住。"接着，他又补充道，"有没有什么牢靠的线之类的物件？得堵住笼子上的洞，不然鸟还会飞出去。"

女子略加思考，说道："用发带怎么样？"

"再好不过了。"冈田答道。

女主人吩咐女佣从梳妆台的抽屉里取来一条发带。冈田接过发带，熟练地将它缠绕在鸟笼弯折的竹条上，交叉绑紧。

"好了，我的任务大概就到此为止了吧。"冈田说着，转身走出门口。

女主人连忙追了出来，神情间似乎词穷，只说道："真是太感谢您了。"

冈田回头对小伙计招呼道："小哥，麻烦您把蛇处理一下吧。"

小伙计拍着胸脯答道："好嘞！我把它丢到坂下那个深水沟里去。这有绳子吗？"他一边说，一边环顾四周寻找。

"绳子有，我这就拿来给你，稍等片刻。"女主人边说边吩咐女佣准备。

趁此空隙，冈田说道："那就告辞了。"说完，他头也不回地顺着坂道走了下去。

冈田讲到这里，抬头望着我说道："我说，你想想看，为了美人，我这番表现还算是出了不少力吧？"

"嗯，为女人杀蛇，确实有种神话般的有趣。不过，我总觉得这件事不会就这么结束吧？"我如实地说出了心中的疑虑。

"别说蠢话了。要是未完的故事，我才不会拿出来讲呢。"冈田这样回答，语气似乎并没有矫饰。然而，他大概也明白，如果故事真的就此结束，心中或多或少还是会有些不舍吧。

听完冈田的故事，我虽只轻描淡写地说了个"神话般"，心里却还暗藏着另一重感想，那就是：刚读完《金瓶梅》走出房门的冈田，莫非恰好碰上了他的潘金莲？

那个名叫末造的人，曾是大学的杂役，如今成了放贷人，他的名字在学生圈里可谓无人不知。即使没借过他的钱，至少也听说过他的大名。然而，无缘坂上的那位女子竟是末造的小妾，这件事倒还有不少人不知道，而冈田便是其中之一。我当时虽对女人的本性还所知有限，却早已知道她被末造豢养在裁缝师傅家隔壁。就这一点而言，我对情况的了解显然比冈田多了一分。

贰拾

　　这是冈田替她杀蛇的那天之后的事。那日，小玉与过去仅仅目光交会的冈田第一次亲密地交谈，自此，她感到自己的心境竟发生了剧烈的变化。对女人来说，有些东西虽令人心生向往，却不足以让她下决心购买——譬如玻璃橱窗里陈列的钟表或戒指，每次经过这样的商店，她们总忍不住要朝橱窗里看上一眼，却不会特地绕道去那儿驻足。如果因别的事情碰巧路过，她们一定会借机窥视一番。

　　女人心中，对于想要的东西与真正买下之间总有一种矛盾的情绪。"想要"这一愿望，与"买不到"这一无奈地放弃交织在一起，生成了一种不甚痛切却带有几分甘美的哀伤情绪，而女人恰恰以品味这种情绪为乐趣。然而，这与她们决意买下某样东西时的感受截然不同。当女人决定要买某件东西时，那欲望往往化作强烈的苦痛。女人会为之所恼，焦躁难安，纵使明知只须稍待几日便能轻易入手，她们也无心等待。于是，她们会不顾酷暑严寒、漆黑夜色或风雪交加，抱着一种近乎冲动的决心，径直去购得它。至于那些行窃的女人，并非因天性与常人不同，只不过是"想要的东西"与"必须得到的东西"之间的界限模糊了而已。至今为止，冈田对于小玉而言，只不过是"想要的东西"，而如今，他忽而成了"必须得到的东西"。

她借着冈田救小鸟的契机，萌生了想尽一切办法靠近他的强烈愿望。她最初想到的是，是否该托小梅送点礼物以表谢意？但送什么好呢？买些藤村的薄皮豆沙包？未免太过寻常，毫无新意，谁都可以送那样的礼；既然如此，若改为用布料缝个手枕送去？又怕冈田会觉得像小姑娘的羞涩恋意而惹人发笑。她总想不出合适的主意。即使最终想到送什么礼物，又如何妥善地由小梅带去呢？手边有几张前些日子在仲町订制的名片，但单单附上名片肯定不足以表达心意，最好再写上一封信。可这让她犯了难——小学毕业后，她便再无机会练习写字，自己实在写不出一封像样的信。当然，如果求助于隔壁那位曾在将军府中服侍过的师傅，要写出一封满意的信并非不可能。

然而，她还是打消了这个念头。虽然她并不打算在信中写下不可告人的内容，但总之给冈田写信这件事，她不愿让任何人知晓。那么，该如何是好呢？

犹如在同一条路上徘徊一般，这些念头在小玉的脑中反复盘旋。她一边化妆，一边指挥厨房的事务，暂时忘却这些烦恼，但不久便又浮上心头。就在这时，末造来了。小玉斟酒伺候之际，心绪再度被触动，表情不由自主地显得怔怔出神。末造见状，便责问道："你究竟在思考什么呢？"小玉慌忙以毫无意义的微笑掩饰，说道："啊，我什么也没想呀。"同时，心中一阵狂跳。然而，如今的她已历经不少修行，隐瞒心事的本事见长，连末造那敏锐的目光也未能轻易看出什么端倪。末造走后，小玉做了个梦。梦中，她终于买了一个装满点心的礼盒，急急忙忙托小梅送了出去。等送出后，才发现自己既未附上名片，也未写信，顿时一惊，随即醒来。

翌日，她满怀期待，却没能见到冈田的身影。不知是他未出门散步，还是自己错过了。而再下一日，冈田如往常一样从窗外经过，他稍稍向窗的方向瞥了一眼，但因屋内昏暗，并未与小玉四目相对。又过了一日，到了冈田惯常路过的时刻，小玉便拿起扫帚，认真地打扫着那格子门内并无什么灰尘的地面。她一边扫着，一边将除自己脚上穿的竹皮屐以外，仅有的一双木屐，时而放在右边，时而又挪到左边。小梅从厨房里走出来，说道："哎呀，让我来扫吧。"小玉答道："不用了，你去看着锅里的菜吧。我无事可做，就扫扫地打发时间。"说着，便将小梅赶了回去。

就在这时，冈田恰巧经过，脱帽向她点头致意。小玉仍握着扫帚，脸颊绯红，呆立在那里，一句话也说不出来，只能眼睁睁地看着冈田从眼前走过去。待冈田走远，小玉像甩出烫手的火钳般，猛地将扫帚扔到一旁，脱下竹皮屐，匆匆跑回屋里。

　　她在箱式火盆旁坐下，拨弄着炭火，心绪翻涌：我真是个傻瓜！今天这样凉爽的日子，明明早该打开窗子静静观望，偏偏又觉得那样未免太惹人发笑，结果就故意装模作样地做起了多余的清扫。明明一心期待着这一刻的到来，可真正到了那时候，却什么话也说不出口。尽管在丈夫面前我总显得有些局促，但若真想开口，什么话说不出口呢？为什么偏偏在冈田先生面前哑口无言？明明他帮了我那么大的忙，向他道谢是理所当然的事。若连今日这番话都无法向他说出口，以后恐怕再也没有机会开口。即使想着托小梅送些东西过去，若面对面时仍无法开口，也终究徒劳无功。究竟为什么在那一刻，我无法发声？对，对，那时我确实想说些什么，只是——不知道该怎么开口！若直接叫他"冈田先生"，未免显得太过亲昵，四目相对时若只用"喂，喂"，也实在难以启齿。现在冷静下来想想，那时的慌乱倒也不是没有道理，毕竟此刻细致思考后我也想不出当时该说些什么才好。不，不对。像这样反复思量，只能说明我是个彻头彻尾的蠢人！根本不需要多言多语，直接跑出去便是了！那样的话，冈田先生一定会停下脚步。只要能让他驻足片刻，我便能开口说："那日多谢您，真是帮了大忙。"总归能说出些什么客套话。小玉一边这么想着，一边拨弄着火盆，直到铁壶的盖子被水汽顶开，蒸汽四散而出，她才急忙将盖子重新压好。

自那以后，小玉开始反复琢磨，究竟是亲自向冈田先生致谢，还是托人转达心意。日子一天天过去，傍晚的天气逐渐凉爽，窗户上的障子也不便再打开。而院中的清扫工作，虽本该是早晨一次即可，但自从发现主人亲自扫地后，小梅便坚持早晚两次清扫，这让小玉更加难以找到机会表达心意。小玉试着推迟自己去澡堂的时间，想借此在路上偶遇冈田先生。然而，从家到坂下的澡堂不过短短几步路，她始终未能如愿。而托人传达谢意的想法，随着时间的流逝，也越发显得别扭。

于是，小玉一度试图强迫自己放下这份执念。她安慰自己：我至今未曾向冈田先生表达谢意，这未必是件坏事。他帮了我那么大的忙，我始终心怀感激，以至于未能言表。我对他的恩德铭记于心，这一点，冈田先生应该能够感受到吧。或许，这种无言的感恩，比那些拙劣的回礼更为深沉。

然而，正因为承受了他的恩惠，小玉心中越发渴望能够尽快接近冈田。如何实现这一点的途径与方法却始终未能找到，因此她只能每日暗自苦恼。

小玉是个心高气傲的女子，自从被末造豢养以来，虽不过短短数月，已然尝尽了明里被人贬低，暗里却被人嫉妒的姜身的辛酸，使她渐渐养成一种轻蔑世俗的性情。然而，她本性纯良，又未曾经历太多风浪，因此，对于接近租住在附近的身为学生的冈田这件事，总是抱着一份不小的忐忑。

日月流转，某个晴和的秋日，小玉再次开着窗与冈田遥遥点头示意。明明曾借助那次机会亲切地攀谈了几句话、递上了毛巾，还以为那件事拉近了二人的关系，却看似又毫无变化。这种若即若离的状态令小玉越发焦虑。

即便是末造到访，与她隔着箱式火盆对坐着谈话时，小玉的心思却想着对面的人要是冈田先生该多好。起初，她暗自责备自己的这种念头不知廉耻。然而，随着时间推移，这种想法却越发自然。她一边应付着末造的话语，一边心里却只想着冈田的模样。末造走后，她开始闭上眼睛，心头浮现出冈田的身影。有时甚至在梦中与他并肩而行，仿佛一切烦琐的情节都被跳过，二人自然而然地走到了一起。正当她满心欢喜之际，梦境中的对方却突然变成了末造，吓得她猛然惊醒，醒来后，思绪翻涌，无法入眠，有时她忍不住啜泣。

不知不觉间，十一月悄然而至。连日的深秋初冬的晴好使得敞开窗子不再显得突兀，小玉因此又得以每天窥见冈田的面容。此前那连绵的冷雨天气，令她无法两三日见到冈田，心中积满愁绪。

但小玉仍旧性情温和，并未因此刁难小梅，更不会在末造面前显露半分不悦。唯独心情抑郁时，她便常常将手肘撑在火盆边缘，呆坐着沉默不语。小梅见状，也只是曾简单问过："您哪里不舒服吗？"近来因得以连日见到冈田的面容，她的心情难得喜悦。某日清晨，她心情分外愉快，早早离开了家，前去池之端的父亲家游玩。

小玉每周必定要看望父亲一次，但从未在他那里逗留超过一小时，并非小玉不愿久坐，而是父亲不允许。父亲每次都待她极为慈爱，总会将家中好吃的东西尽数拿出与她茶叙。然而，待这番惬意过后，他便立即催促小玉回去。这不单单因为老翁性子急躁，还因他认为既将女儿送去侍奉他人，便不能随意留她在身旁，以免贻人口实。小玉曾在第二或第三次前往父亲住处时，对他说："上午丈夫绝不会回来，稍稍多坐一会儿也无妨吧。"父亲却断然拒绝："或许此前确实未曾遇上，但你如何能断定末造哪日不会忽然有事回来？除非事先禀明末造，请得准许，否则你若像这样买完东西便顺道来我这里久坐，那万一末造以为你在外游荡，那可如何是好？"

小玉一直担心末造的职业被父亲知道，唯恐父亲知道后会心生不快。每次前往探望，她都留意着父亲的神色，不过，他似乎对一切全然不知。那也难怪，自从搬到池之端后，父亲渐渐养成了看租借书的习惯，日间几乎无时不戴着眼镜捧书阅读。

他只喜欢阅读实录类或讲谈类的"手抄书"，最近正埋首于《三河后风土记》。这书卷数颇多，他说可以靠这一部书消遣好一阵子。若是租书店给他推荐"读本"，他却说那是满纸谎言，连碰都不愿碰一下。到了夜里，他嫌眼睛疲惫便不读书，而是去剧场听书。在剧场里听的书他并不介意真假，或听落语，抑或听义太夫。然而，若无特别喜欢的讲师，广小路那边以讲谈为主的剧场他是不会去的。除此之外，他别无嗜好，也从不与人闲谈，因而没什么朋友。所以，关于末造的身份之谜，他并无任何得知的机会。

即便如此，附近的街坊仍不免猜测那常往老翁家探访的年轻女子的身份。终于，有好事者查出她是某个高利贷主的小妾。这般传言若是传到老翁耳中，自然会使他坐卧不安。然而，幸好老翁的两邻，一边住着一位博物馆的属官，整日研究字帖，练习书法；另一边住着一位少见的板艺师①，就连工作以外的篆刻他也毫无兴趣。这两位邻居都无意破坏老翁的内心平静。那是一个寂静的时代，附近的街区，仅有几家店铺在营业：一间叫"莲玉庵"的荞麦面馆、一家煎饼铺，以及靠近广小路转角处的十三屋——那是一间卖梳子的店。除此之外，再无其他商铺。

老翁听到格子门被轻轻拉开，再听到那轻快的木屐声，不用等到那柔和的说话声响起，便已知道是小玉来了。他放下正在读的《三河后风土记》，静候来人。老翁摘下架在鼻梁上的眼镜，迎接心爱的女儿。虽然戴着眼镜看得更清楚，但他总觉得隔着镜片，与女儿之间似乎也多

①板艺师：即以雕刻木板为业的人。

了一层距离。每当女儿来访，摘掉眼镜看到女儿的脸的那一刻，对他来说，就是值得庆祝的节日。他总积着许多话想对女儿说，可却总是忘掉其中一部分，每次小玉离开后，他才恍然忆起还有未曾提及的事情。然而，他从未忘记问末造的身体状况："末造身体可还好？"

今日，小玉看着父亲愉快的神情，听他讲起了中国女官的故事，还尝了父亲招待的一种点心——那是他在广小路新开的大千住分店买来的糯米煎饼，足足有一尺见方。父亲多次问她："还不回去吗？"小玉笑着回答："没关系的。"于是她待到了将近中午。她心里暗想：如果告诉父亲，末造最近偶尔突然来访，那句"还不回去吗"的催促恐怕会更加频繁。不过，她也意识到自己变得随性起来，已经不再为末造会在自己离开时登门而操心了。

贰拾壹

时令渐寒，小玉家厨房前的地面上，唯有脚踩之处镶着木板，而木板上，每到清晨便覆满洁白的霜花。那口深井的水桶提绳冰冷，小玉看在眼里，心疼小梅，便给她买了一副手套。然而，小梅觉得手套老是得穿上脱下，做厨房杂务既费事又不方便，索性将小玉送的手套小心收好，依旧赤手汲水洗物。经历了洗涤、清扫、擦拭，以及烧水、用水的活儿，小梅的手渐渐变得粗糙干裂。小玉见状，挂心不已，便说道："无论干什么活儿，把手弄湿后随便放着不管是最不好的。等手离了水，要立刻认真地擦干。等活儿做完了，可别忘了用肥皂洗洗手。"为此还特意给小梅买了肥皂。即使如此，小梅的手依旧逐渐粗糙，小玉看在眼里，颇感不忍，同时也觉得奇怪："当初我干这些活儿时，手却从未像小梅这般粗糙，不知是为何。"

过去，天一亮便起身的小玉，最近常被小梅劝说：

"今天厨房结冰了，您不如多歇会儿吧。"于是，她不经意间也养成了赖在被窝里的习惯。教育家为使年轻人不生出无端的妄想，曾告诫他们：不可入床后迟迟不睡，不可醒来后赖床不起。因为年轻的身体若久置于温暖的被褥中，便会如同毒草的花在火中绽放一般，萌生出各种妄念。而此时的小玉，裹在被中，思绪也难免肆意。每当这时，她的眼中仿佛亮起一抹奇异的光，双颊自眼睑延至面庞染上酒醉般的红晕。

昨夜晴空万里，繁星闪烁，黎明时霜花铺地。正是这样的某个清晨发生的事。小玉懒散地赖在被窝里，近来染上的怠惰习性使她久久不起。小梅早已拉开了滑窗，晨光从窗外射入，小玉这才终于起身。她仅系一条细带，披着一件半身夹袄，走到廊边，用牙签剔着牙。这时，格子门被哗啦一声推开，传来小梅热情的招呼声："欢迎光临！"随即，有脚步声登上台阶。

"哟，懒觉睡得好啊！"这么说着，坐在箱式火盆前的人正是末造。

"哎呀，失礼了！您可来得真早啊。"小玉急忙吐掉嘴里的牙签，将唾液吐进水桶里。她有些微微泛红的笑容，在末造眼中显得异常动人。自从搬到无缘坂以来，小玉的美貌仿佛一日胜过一日。起初，她那少女般的稚嫩与可爱深深吸引了末造，而如今，那份青涩却逐渐转化为一种能摄人心魂的妩媚。末造见此变化，暗自得意，心想小玉总算懂得了情爱，而这当然是自己引导的结果。虽然末造惯以精明著称的眼力，此时他的得意却源自对挚爱的女子精神状态的一次错判。事实上，小玉从前是个尽心尽力侍奉主人的女子。然而，骤然遭遇的命运剧变，使她陷入一阵深深的苦闷与自省之中，经过这些波折，她达到了某种可以称之为放任的觉悟。这种觉悟使她获得了世间许多女子经历过多次情感波折后才勉强拥有的那份冷静。末造只觉得被这样心境的女子玩弄对自己而言是一种既愉快又刺激的感受。小玉在变得放任的同时，行为上也逐渐流露出些许懒散随意。末造对这种懒散不仅不反感，反而欲望更炽，越发迷恋小玉。所有这些微妙的变化，末造全然不察，正是这些转变，令他感到小玉更添妩媚。

小玉蹲下身来，将金属脸盆拉到身前，一边说道："您稍稍转过去一下好吗？"

"为什么？"末造嘴里这么问着，点燃了金天狗烟卷。

"我得洗脸啊。"

"洗就洗呗，有什么关系？"

"可要是您看着，我不好意思洗。"

"真是麻烦。"末造边说，边转过身，背对着廊边，吐出一缕青烟，心里暗道：这女子，怎么像个没长大的孩子似的。

小玉并没有解开衣襟，只是稍稍松了领口，便匆忙地洗起脸来。虽说比平时简单敷衍了事，但她并不需要依赖妆饰掩盖瑕疵、装点美貌，即使草草梳洗也不会因此羞于见人。

起初，末造确实背对着小玉，但过了一会儿，他便转过身重新看向小玉。而正全神贯注洗脸的小玉并未察觉这变化。直到她洗完脸，将镜台拉近，才在镜中瞥见了末造叼着烟卷的面庞。

"哎呀，您真坏。"小玉嘴里虽这样埋怨，却仍旧自顾自地打理着头发。敞开的领口下，从颈项到背部，露出一片三角形的白皙肌肤。由于抬高手臂，连肘上两三寸的丰满手臂都一览无遗，这一切在末造眼中都是让人流连不舍的画面。于是，他心想：要是自己一直沉默，小玉或许会因不安而加快动作。为此，他刻意摆出一副悠然自得的样子，缓缓开口说道："没关系，不赶时间。我今天并不是找你有什么事才这么早过来。说起来，上次不是答应你今晚要过来嘛？不过出了点情况，我得去趟千叶。如果顺利的话，明天就能回来；要是不顺利，可能得拖到后天了。"

正在擦拭梳子的小玉听了，猛地回过头来说了一句："哎呀。"脸上透出几分不安的神情。

"乖乖地等我回来吧。"末造带着几分戏谑的口吻说着，将烟盒放好，然后站起身来向门口走去。

"啊，连茶都还没上呢……"小玉话音未落，就匆忙把梳子丢进梳妆盒，起身追了出去。当她赶到门边时，末造已推开格子门。

小梅从厨房端着早餐的托盘走来，将餐食放下后，摊着手说道："真是抱歉。"

小玉坐在箱式火盆旁，用火钳掸落着覆盖在炭火上的灰，笑着说道："哎呀，你道什么歉呢？"

"因为我刚才没能及时上茶送膳……"

"嗐，原来是这事啊。刚才提的上茶不过是我随口客套一说，丈夫他可一点都不介意呢。"说着，小玉拿起筷子，准备用膳。

虽然小玉素来性格温顺，本就不会轻易动怒，但今晨，小梅看着正在吃饭的主人，还是感到她显得尤为愉悦。从刚才说"你道什么歉呢"时的笑容开始，那微微泛红的脸颊就像被阳光渲染，直到现在还浮着一抹淡淡笑意。这不免让小梅心中隐隐生出些疑问，不过她的思虑简单纯粹，并未刨根问底。倒是小玉的好心情感染了她，小梅自己也觉得心里暖洋洋的。

小玉目光专注地看着小梅，脸上的笑容更深了，说道："话说，你想不想回家里一趟？"

小梅诧异地瞪大了眼睛。那时正值明治十几年，江户时代城镇人家的规矩仍然余威未退，像小梅这样在城里为人做工的女子，除非是定好的假期，否则根本不可能随意回家探望。

"今晚丈夫不来。如果你想回家住上一晚，就回去吧。"小玉补充道。

"您说的是真的吗？"语气里并没有怀疑，而是因为感激过深，小梅情不自禁地发问。

"怎么会骗你呢？我可不是那种干坏事、拿你寻开心的人呀。饭后也不用收拾，尽管去吧。今天好好玩一玩，晚上就在家住下。不过明天一早可要赶回来。"

"好的！"小梅答应着，喜悦染红了脸颊。小梅的父亲以车夫为业，家门口的素土地板上排列着三两台人力车，衣橱和火盆之间敷着一席坐垫，父亲不出工时，或母亲在家时，他们就会坐在那个位置上。母亲的鬓发总是垂落在一边，肩头上的襷带①几乎从未解下过。以上种种，在小梅的小脑袋里飞快交替浮现，像是剪影画那般。

用完早饭后，小梅撤下餐盘。虽然小玉说过可以不收拾，但她心里想着，至少得把该洗的东西清理干净，于是端来一小桶热水，叮叮当当地开始清洗茶碗和盘子。这时，小玉拿着一个纸包着的东西走了过来："哎呀，你还是把它们收拾了啊。这点小事，还是让我来吧。你的头发昨晚已经梳好了，今天就不用费心了。快些换上衣服吧。一时间没有什么称手的礼物，你就拿这个回去吧。"说着，把那包东西递给小梅，里面是一枚半日元的蓝色纸钞，形状宛如扑克。

催促着小梅出门后，小玉利索地挽起襷带，掖紧衣

---

①襷带：日本人劳动时挽系和服长袖的带子。

褶，径自走向厨房，仿佛即将投入一场饶有趣味的游戏那样，开始洗起小梅方才匆匆洗了一半的茶碗与盘子。这样的家务对小玉来说早已驾轻就熟，她的迅捷与细致远非小梅所能及。然而今日，她却似孩童把玩玩具般敷衍，每洗一只盘子竟捏在手中转弄了三五分钟。此时的小玉，双颊微微泛红，目光迷离，

小玉的脑海中，此刻回旋着极其乐观的幻象。女人的天性，本就是在下定决心前苦苦犹豫，踟蹰不前；而一旦做了抉择，却常如套上了眼罩的骏马，专注直前，绝不会像男人那样左顾右盼。若是思虑颇深的男人，面对前路上横亘的种种障碍，往往会权衡踟蹰，而女人却无视这些，毅然前行。有时，正因这份果断，女人反而能达成意料之外的、男人未竟的成就。小玉起初对靠近冈田颇为犹疑，若有旁观者在场，怕是都会为她那漫长的纠结而焦急。然而，自从早晨末造前来辞行，说要前往千叶后，小玉的心境骤然转变，恰似满帆迎风的船，朝向她所期许的彼岸疾驶而去。于是，她催促着小梅回家。此时的小玉，感到一种前所未有的畅快——碍事的末造去了千叶暂住，女佣小梅也回了父母家，并且会在家住一晚。从现在到明天早晨，她的身旁将无人掣肘，这种自由的喜悦充盈小玉的内心。她确信，一切的顺利进展，都预示着她的终极目标即将轻易达成。今日，冈田先生必定会经过她家门前。

有时冈田先生会来回两次经过，因此，即便第一次

错过了，第二次便再无错过的可能。"无论今天付出怎样的代价，我都一定要和他说上话。而且既然鼓足勇气开口了，他的脚步绝不可能不停下来。我虽然堕落成了一个卑贱的妾，而且还是高利贷主的妾，但比起黄花闺女时，我的容貌不仅没有衰败，反而更加美丽。况且，这段不幸的经历反倒让我逐渐明白，什么样的举动更能取悦男人。既如此，冈田先生断然不会把我当成一个令人生厌的女人。不，肯定不会的。如果他真的厌恶我，怎会每次见面都礼貌地向我致意？还有那次，他帮我杀了那条蛇。那件事若发生在别的人家，他未必肯出手相助吧？如果不是我家的事，他或许只会装作没看见，径直走过去也说不定。而且，我心里这份对他的感情，虽不能完全传递到他那边，但多少他也已经有所察觉了吧？也许，这事并不像我担心的那样困难，说不定行动起来比想象中容易得多。"就在小玉反复思索这些念头时，手边的小桶里，原本温热的水已彻底冷却，而她却毫不察觉。

小玉将餐盘收好放回餐架，回到火盆前坐下，却总感到心绪不宁，坐立难安。她用火钳翻弄了几下早晨小梅精心筛平的灰，随即站起身，开始换衣服——她准备去同朋町的一处专为女性服务的发型店。老板娘是位和善的女人，曾热情地为小玉介绍，说若有外出时需要梳妆随时欢迎去她那里，不过直到现在，小玉一次也没有踏进店内。

贰拾贰

西洋的儿童读本中，有个关于一枚钉子的故事。我记不太清楚具体内容，大概讲的是马车车轮少了一枚钉子，乘着马车出行的农家少年因此历经了种种艰难困苦。在我讲的这个故事里，味增煮鲭鱼就恰如那枚钉子。

在租住屋和学校宿舍里靠伙食勉强果腹的那些日子，我对某些菜产生了一种让人汗毛倒立的厌恶感。无论是在通风多么好的房间里，无论摆在多么干净的餐桌上，只要我一瞧见那些菜，鼻端便立刻浮现出租住屋食堂那无法言喻的异味。煮鱼旁若配有羊栖菜或相良麦麸①，便会引发鼻腔中的这种嗅觉幻觉。而若是味噌煮鲭鱼，那便使幻觉达到顶点。

①相良麦麸：主要原料为小麦、糯米粉、红豆的较厚的麸质食品。

　　然而某一日，这味噌煮鲭鱼竟赫然出现在上条屋晚饭的餐食里。我如往常一般，餐食一摆上便会拿起筷子，但那天却迟迟未动。女佣察觉后看着我的脸，说道："您不喜欢鲭鱼吗？"

　　"我倒不是讨厌鲭鱼，烤的倒还能吃不少，可用味噌煮的做法实在接受不了。"

　　"哎呀，老板娘不知道您不喜欢。要不我去给您拿点鸡蛋来吧？"女佣说着，作势要起身去取。

　　"不用。"我说道。"其实我还不怎么饿，先出去散散步。你就跟老板娘随便知会一声，千万别提我不喜欢饭菜这回事，免得她多心。"

　　"可是总觉得对您有些过意不去……"

　　"别说傻话。"

　　我站起身，开始穿袴子，女佣便端起餐食，转身走向走廊。

　　我随即朝隔壁喊了一声："喂，冈田君在吗？"

　　"在，有什么事？"冈田的声音清朗。

　　"没什么大事。我正准备出去散散步，回来时想顺路去趟丰国屋。要不要一起去？"

　　"走吧，正好我也有些事想和你聊聊。"

　　我从墙上的挂钩取下帽子戴上，便与冈田一同走出上条屋。当时大概是下午四点出头。虽未商量好要去何处，但从上条屋的格子门一出来，我们便径直朝右拐去。

在沿着无缘坂下坡的时候，我用手肘轻轻碰了碰冈田，说道："喂，那儿有个人。"

"什么？"他嘴上这样问，心里却已经明白了我的话中意思，转头望向左侧那带格子门的小屋。

那房子前站着一位女子——正是小玉。她即便显得有些憔悴，依然是个美人。而像所有年轻健康的美人一样，她的妆容更添了一份光彩。我无法确切说出她此刻与平时有什么不同，但眼前的她，的确与以往判若两人般的美丽。女子的面容透着一股红润的光泽，让我感到一种说不出的羞赧。

小玉的目光，带着一种迷离的神情，专注地凝视着冈田的脸。冈田像是被这注视惊到了似的，急忙摘下帽子致意，然后不由自主地加快了脚步。

我则像是旁观者那样毫无顾忌地多次回头张望，看到小玉的目光久久未曾离开，依旧牢牢追随着冈田的背影。

冈田微微低下头，脚步丝毫没有放慢，迅速地沿着坂道向下走去。我默默地跟在他身后，心中却翻腾着复杂的情绪。这些情绪的核心，是渴望自己能处在冈田的位置上。然而我的理性却本能地抗拒去承认这一点。我在心底暗暗怒吼："怎么会，我难道是如此卑劣的男人吗？"试图以此打消自己的心绪。但令我感到愤恨的是，抑制并未奏效。不过，我的渴望也并非因为想屈从于小玉的诱惑，而仅仅是因为这样一个绝美的女子若能倾慕自己，必定是一种令人愉悦到难以形容的体验。

既然如此，那被倾慕之后呢？我想保留我自由的意志。我不会像冈田那样逃避，我会与她见面，与她交谈。我虽不会玷污自己的清白，却至少愿与她促膝而谈。我会像爱护妹妹那样爱护她，会尽力成为她的依靠，帮助她脱离污秽，将她从困厄中解救出来。我的想象最终便归结于这般不着边际的愿望之中。

在坂下的十字路口，冈田和我默默前行。当我们径直穿过巡警派出所前的街道时，我才终于开口说道："我说，刚刚的情景可真有趣啊。"

"嗯？什么情景？"

"别装糊涂了，还能是什么？你从刚才走着的时候一定也在想着那个女人吧？我不止一次回头看，她始终望着你的背影，恐怕她现在还站在那里，朝着我们这边张望呢。这不正像《左传》里所说的'目逆而送之'那般情景吗？只是这次刚好相反，由女人来目送。"

"别再提了。这一切我只对你说过，你就不要再嘲弄我了。"

说话间，我们走到了池塘边，两人都不约而同地停下脚步。

"要不要从那侧绕过去？"冈田指着池塘北边说道。

"好。"我答应着，沿着池塘左侧拐去。走了十来步，我的目光落在池塘左侧那一排二层的房屋上，仿佛自言自语般地说道："这里就是樱痴①先生和末造君的住处啊。"

"真是奇妙的对比啊。看来樱痴居士也不算十分廉洁。"

我并未深思熟虑，便随口反驳道："这也是没办法的事。一个人只要从政，无论如何都会被人诟病的。"或许是因为我潜意识里想把樱痴先生与末造之间的距离拉得尽可能远一些吧。

从樱痴宅邸的围墙一角向北数去两三户，有一间不起眼的小屋，最近挂上了一块写着"川鱼"的招牌。我看见后随即说道："这招牌看上去，倒像是在想拿不忍池里的鱼来做菜啊。"

"我也这么觉得。不过，总不能真是梁山泊的好汉②在这里开了店吧。"

我们就这样闲聊着，走上了池北的小桥。岸边站着一个看似学生模样的年轻人，正凝视着什么。见我们二人靠近，他开口招呼道："嗨！"那是石原，一个热衷于柔术、几乎不读任何课外书的青年。尽管我们与他谈不上亲近，但也并无嫌隙。

"你站在这里看什么呢？"我问道。

———————————

①樱痴：福地樱痴，明治时代新闻记者、文化家，本名福地源一郎。晚年从政，成为众议院的议员。
②梁山泊的好汉：据《水浒传》中的描述，梁山好汉之一"浪里白条"张顺水性极好，其曾在江州城卖鱼，并十分精通调理鱼的菜肴。

　　石原没说话，只是抬手指向池塘的方向。顺着他的手指，冈田和我眯着眼睛透过那灰蒙蒙的傍晚的空气望去。那时，从通往根津的小水沟到我们当时脚踩的岸边，芦苇丛生。芦苇的枯叶在靠近池心的地方渐渐稀疏，露出了枯萎的莲叶，它们如破布般散乱漂浮，莲房如海绵般棋布。这些叶片和莲房的茎干错落有致，尖锐的棱角直指天际，为这片景象增添了荒凉的气氛。

　　在那些沥青色的茎间，因乌黑而几乎不再反光的水面上，十来只大雁缓缓游动着，有的还停在原地一动不动。

　　"石头能扔那么远吗？"石原看着冈田的脸问道。

　　"扔肯定能扔那么远，但能不能打中就难说了。"冈田答道。

　　"试试看吧。"

　　冈田犹豫了一下："它们大概是准备歇息了，这时候扔石头对它们来说太残酷了吧？"

　　石原笑了起来："你未免太懂得怜惜了，这样可真让人难办。如果你不扔，那就由我来扔好了。"

　　冈田懒散地捡起一块石头："那就让我把它们吓散吧。"石头发出微弱的嗖的一响，在空中划过。我目不转睛地盯着它的去向，看见一只大雁慢慢抬起的脖子突然无力地垂了下去。与此同时，两三只大雁拍打着翅膀发出哀鸣，滑过水面散开了，但并未飞起。那只垂下脖子的大雁依旧一动不动地留在原地。

"打中了。"石原说道。他望着池面的情景，过了一会儿接着说："那只大雁我来捞，不过到时候你们可得稍微搭把手。"

"怎么捞？"冈田问道。我也不由自主地竖起了耳朵。

"现在时间不太合适，再过三十分钟天就会完全暗下来。等天一暗，我肯定能轻松地把它捞上来。到时候你们不用动手，但还是希望你们能在场，给我搭把手。我请你们吃雁肉。"石原说道。

"挺有意思的。"冈田说道，"不过这三十分钟，我们该怎么打发呢？"

"我就在附近晃悠，你们爱去哪儿随意，但我们三个人一起站在这里未免太引人注目了。"

我对冈田说："那我们两个绕着池子走一圈吧？"

"也好。"冈田答道，说完便立马踱着步离开。

贰拾叁

我和冈田一起穿过花园町的边缘，向东照宫的石阶方向走去。两人之间沉默了一阵子，直到冈田自言自语似的说道："世上竟还有这么倒霉的大雁。"我的脑海中却没有任何逻辑关联地浮现出无缘坂上的那名女子。"我只是朝着大雁所在的地方扔过去罢了，"冈田又朝着我说道。"嗯。"我点点头，但心思依旧在那个女子身上。"不过我倒很想看看石原到底怎么把它捞上来。"过了一会儿，我说道。这次换冈田说道："嗯。"他似乎也在想着什么朝前走着，大概还是为那只大雁缅怀吧。

两个人沿着石阶下行，朝南弯去，步向弁天社方向。我们二人心中都被那只大雁的死亡笼上一层阴影，因此谈话时断时续。经过弁天社的鸟居前，冈田似乎强行想将思绪转移到别的方向，于是开口说道："我有件事要告诉你。"接着，他说出了我完全没料到的事情。

　　事情是这样的：冈田原本打算今晚在自己的房间里跟我细说，但因为正巧被我邀约，便一同外出散步。他想着吃饭时再聊，但似乎也难有机会，只好边走边大略地讲述。冈田已经决定不等毕业便出国。他不仅从外务省领取了护照，还向大学递交了退学申请。这一切源于一位专程来东洋研究地方病的德国W教授以四千马克的往返旅费和每月二百马克的薪酬聘用了他。W教授向贝尔茨教授提了要求，要一名既会说德语又能轻松阅读汉文的学生，于是贝尔茨将冈田推荐了过去。冈田前往筑地拜见W教授，并接受了测验。他被要求翻译《素问》和《难经》各两三行，以及《伤寒论》和《病源候论》各五六行。碰巧《难经》中抽到的是"三焦"中的一节，冈田一时不知该如何翻译，便干脆音译成"chiao"，勉强应付过去。总之，他通过了考试，当场签订了合同。W教授是贝尔茨教授现隶属的莱比锡大学的教授，因此他会带冈田去莱比锡，并亲自协助其通过博士考试。至于毕业论文，W教授承诺，冈田可以使用他自己为W教授而翻译的东洋文献。

　　冈田说，明天他便会离开上条屋，搬去W教授位于驻地的住处，帮忙打包教授从中国和日本收集的书籍。接着，他将随W教授前往九州考察，再从九州直接搭乘海上信使公司的船出发海外。

　　我时不时停下脚步，感叹道："真让人吃惊啊！"或者"你真是个果断的人"之类的，一边慢悠悠地走着一边听完了冈田的规划。然而，当我看表时，才发现从与石原分开到现在不过十分钟而已，并且我们已经绕过了池塘的三分之二，眼看着就要离开仲町背后的池之端了。

"现在就走回去未免太早了吧。"我说道。

"要不去莲玉庵吃碗荞麦面再走？"冈田提议道。

我立刻赞同，于是我们一同折返到莲玉庵。那家店是当时从下谷到本乡一带最有名的荞麦面馆。

吃着荞麦面，冈田说道："辛辛苦苦念到现在却没能毕业，确实有些可惜。不过，我终究无法被选为公费留学生。如果错过这次机会，就再也没机会去欧洲了。"

"正是如此，机不可失。毕业算什么，去了德国拿到博士学位也一样。即使没拿到博士学位，也不值得忧虑，不是吗？"

"我也是这样想的。所谓资格，不过是随俗应付，聊复尔尔罢了。"

"行装准备得如何？看样子这次启程会颇为匆忙吧。"

"不用操心，我现在这样就能出发。听W教授说，就算在日本定做洋装，到了那边也穿不出去。"

"是吗？不过我记得有一次在《花月新志》上看到，说成岛柳北也是在横滨突发奇想，当即决定登船的。"

"嗯，我也读过。柳北甚至都没写信通知家里便走了。不过我已经仔细跟家里交代清楚。"

"是吗？真令人羡慕啊。你跟着W教授一起去，想必旅途中不会遇到太多麻烦吧。可我实在无法想象西洋行会是什么情形。"

"我心里也没底。不过，昨天见到了柴田承桂先生，念在多年来承蒙他的关照，便跟他说了这次的事情。先生便送了我一本他写的《洋行指南》。"

"哦？还有这样的书？"

"嗯，是非卖品，据说专门用于分发给由地方迁往大城市的那些人。"

我们聊得正欢，直到看了一眼表，发现距离三十分还剩五分钟。我和冈田于是匆匆从莲玉庵出来，赶到石原等候的地方。此时，池塘早已被夜色笼罩，远处朱漆的弁天小祠在雾气朦胧中依稀可见。

等候多时的石原拉着我和冈田，来到池边，说道："时机正好，那些精明的雁已经换了栖息地。我马上就要行动，不过还需要你们在这里为我指挥。你们看，前方三间①距离处，有一根向右折的莲茎，再往前些，有一根稍矮的莲茎向左弯折。我必须沿着这条线笔直前进，如果我偏离了，你们需要从这里喊出右或左，帮我修正方向。"

"原来如此，这倒像是视差的原理。不过水位会不会太深了些？"冈田说道。

---

①三间：日本古代的长度计量单位，一间的长度为6尺，约等于1.818米。

"放心，不会深到站不住脚。"话音刚落，石原便迅速脱下衣物。

石原下水的地方，泥巴只到膝盖上方。他如白鹭般抬腿迈步，一步步踏进淤泥，发出咕叽咕叽的声响。泥水有时稍深，但很快又浅了下去。眨眼间，他已越过两根莲茎所指的方向。

过了一会儿，冈田喊道："右！"石原随声向右挪步。接着冈田又喊了一声："左！"原来石原刚才向右偏得太多了些。不久，石原停下脚步，弯下腰探手入水。不消片刻，便沿原路折返。当他走过那根远处的莲茎时，右手中提着的东西已经显露了形状。

石原上岸时，只有一半的大腿沾了些泥巴。他手中的猎物是一只体型出乎意料之大的雁。石原在岸边粗略地冲洗了双脚，重新穿上衣物。那时，这一带的路上人迹寥寥，从石原下水到返回岸边，没有一个路人经过。

"这东西要怎么拿回去？"我问道。石原一边系好袴子，一边说道："冈田的外套最大，就麻烦你把它包起来带回去吧。至于怎么料理，就到我那里解决。"

石原租住在一户普通人家的单间。那家的老妇人并非和蔼可亲之辈，唯一的优点是冷淡寡言。若分她一杯羹，应该就能堵住她的嘴。那房子位于从汤岛的切通连接岩崎宅邸后方的一条曲折深处的小巷上。石原简短地说明了带大雁回去的路线：从这里到石原家，有两条路可走。一条

是从南边经过切通，另一条是从北边绕无缘坂。这两条路
呈弧形环绕岩崎宅邸，距离相差无几，也无太大区别。需
要顾虑的是巡警岗亭[①]，因为无论走哪条路都需经过一个。
综合权衡利弊后，最终决定选择冷清的无缘坂，避开热闹
的切通。由冈田负责将大雁藏于外套之下，剩下二人分立
左右，将冈田的身形掩护起来，可谓最佳策略。

　　冈田苦笑着接过大雁，无论怎么调整，总有两三寸羽
毛从外套下摆露出。此外，外套下摆因为大雁而不自然地
鼓起，使得冈田的身形看起来像个圆锥。石原和我则需要
尽量让这种异样不被旁人察觉。

---

①需要顾虑的是巡警岗亭：自天武4年（675年），日本颁布"肉食禁止
令"，禁止食用一切肉类。本作《雁》的故事背景为明治十三年（1880
年），处于日本刚解除肉食禁止令的时期，但大雁仍被列为禁捕禁食的
物种。

贰拾肆

"好了，就这样走。"石原说道。于是，我们三人排成一行，将冈田夹在中间，朝无缘坂的方向前进。一路上，我们的注意力都集中在无缘坂下十字路口的警亭。石原兴致勃勃地讲解着穿过警亭时应当采取的策略。

据我所听，石原的讲解大致如下：心若动摇，便会生出破绽；一旦生出破绽，便会被人乘虚而入。他还引用了"老虎不咬醉汉"的比喻。这番话多半是他从柔术师傅那里听来，如今不加改动地复述一遍。

"这么说，巡警是虎，我们三个就是醉汉了吧？"冈田冷笑着揶揄道。

"安静！"石原一声低喝。此时，我们已经接近通往无缘坂的拐角。

转过拐角，便是背靠池塘的民宅和沿茅町排列的商铺夹成的一条小巷。那时，道路两侧堆放着货车和杂物。远远地，站在十字路口的巡警身影已经显现。

走在冈田左侧的石原突然开口说道："你们知道计算圆锥体积的公式吗？什么？不知道？那公式简单得很，就是用底面积乘以高，再除以三。如果底是圆形，那么公式就是$1/3\pi r^2 h$。只要记住π等于3.1416，就一点也不难。我还能背到小数点后八位，$\pi = 3.14159265$。超过八位之后的数已经没什么实际用途了。"

石原一边说着，三人一边从十字路口走过。站在警亭旁的巡警面朝我们经过的小巷左侧，注视着一辆从茅町朝根津方向驶去的人力车。对于我们，他不过随意地瞥了一眼，那眼神毫无意义。

"为什么偏偏想到要计算圆锥体积？"我问石原。然而，就在这句话出口的同时，我的目光却捕捉到了无缘坂中段站立着的一名女子，她正朝我们这边望来。我心头顿时掠过一种异样的悸动。一路从池塘北侧返回时，我想得更多的并不是巡警，而是这位女子。不知为何，我直觉她似乎是在等着冈田。而我的预感没有错，看着冈田走来，那女子确实已经迎出了自己家门两三间屋子那么远。

我有意避开石原的视线，偷偷将那女子的脸与冈田的脸做了一番比较。平日里总带着淡淡红晕的冈田，此刻脸色明显更加红润了。他假装不经意地整了整帽子，将手搭在帽檐上。而那女子的面容如石刻般凝滞，她那美丽而睁大的眼睛深处，仿佛蕴藏着无尽的依依不舍。

此时，石原答复的话语虽然传入耳中，但其意义却未能进入我心里。大概他是在解释，为何会从冈田外套的臃肿外形联想到圆锥体积公式吧。

石原显然也看到了那女子，但石原不过将她视作一名美丽的陌生人，心中毫不在意，继续滔滔不绝地讲下去："刚才我给你们讲解了不动心的秘诀，可惜你们修养不够，恐怕临到关键时刻也未必能实践。所以我想了个办法，把你们的注意力引向别处。其实说什么都行，但正如我刚刚所说的原因，于是便提起了圆锥公式。总之，我的办法奏效了。多亏了圆锥公式，你们才得以在巡警面前保持住平静的态度，顺利通过。"

三人走到岩崎宅邸附近，再向东转入一处巷子。那小巷窄到连一辆人力车都无法与人错身而过，可以说再也不必担心什么危险了。石原离开了挟着冈田的队列，像个领路人一样走在最前面。我忍不住又回头看了一眼，但那女子早已不见了踪影。

那晚，我和冈田在石原家里待到深夜。可以说是我们陪着石原，一边以大雁为下酒菜，一边喝酒。冈田对他的西洋行只字未提，而我虽然心中有许多想问想说的，却也都压下了，只默默听着石原与冈田聊他们过往的赛艇经历。

回到上条屋时，我已因疲惫和醉意醺然，连与冈田多说一句话的力气也没有，便和他匆匆道别，各自歇息。第二日从大学回来时，冈田已然不在了。

　　正如一枚钉子能引发一场大事件那样，只因一道味噌煮鲭鱼端上了上条屋的晚餐桌，冈田和小玉便从此永不相见了。然而，事情并不止于此。但自此之后发生的事，已超出《雁》这篇故事的范围。

　　此刻，当我写完这篇故事，掐指算来，距离那时已整整过去了三十五年。这篇故事的一半，是我当时与冈田朝夕相处时亲眼看见的；而另一半，则是冈田离开后，偶然间与小玉相识，从她那里听来的。就像通过一面立体镜，将左右两幅图合成完整的影像那样，我将从前所见和后来所闻对照起来，编织成了这篇故事。

　　或许读者会问我："你是如何与小玉相识，又是在何种情况下听到了这些？"然而对此问题的回答，正如我之前所说，已超脱这篇故事的范围。不过，有一点无须赘述：我从未具备成为小玉情人的条件，因此读者大可不必多做揣测。

附录

底本：《雁》（新潮文库，新潮社）

昭和二十三年（1948年）12月5日发行

昭和六十年（1985年）11月15日第76次改版印刷

昭和六十三年（1988年）8月15日第82次改版印刷

初次发表：

壹、贰、叁：《昴》第三年九号

明治四十四年（1911年）9月

肆、伍：《昴》第三年十号

明治四十四年（1911年）10月

陆、柒：《昴》第三年十一号

明治四十四年（1911年）11月

捌、玖：《昴》第三年十二号

明治四十四年（1911年）12月

拾、拾壹：《昴》第四年二号

明治四十五年（1912年）2月

拾贰：《昴》第四年三号

明治四十五年（1912年）3月

拾叁、拾肆：《昴》第四年四号

明治四十五年（1912年）4月

拾伍、拾陆：《昴》第四年六号

明治四十五年（1912年）6月

拾柒、拾捌：《昴》第四年七号

明治四十五年（1912年）7月

拾玖：《昴》第四年九号

大正元年（1912年）9月

贰拾：《昴》第五年三号

大正二年（1913年）3月

贰拾壹：《昴》第五年五月号

大正二年（1913年）5月

贰拾贰、贰拾叁、贰拾肆：《雁》（籾山书店）

大正四年（1915年）5月